옮긴이
# 여지희

대학에서 국문학을, 대학원에서 현대문학비평을 전공했다. 공연기획
자로 20여 년간 근무하면서 CBS 방송아카데미에 출강, 공연기획자 과
정을 강의했다. 『문화원에 가면 그 나라가 있다』를 썼고, 『주홍빛 천
사』 『베스킷볼 다이어리』를 우리말로 옮겼다.
소설은 가능한 직역을 해야 한다는 출판사의 취지에 공감해 번역 작
업에 동참하게 된 이후, 마크 트웨인의 『톰 소여의 모험』 『허클베리 핀
의 모험』을 번역, 출간했다.
현재는 캐나다에 거주하며 '차일드 앤드 유스 케어(Child and Youth
Care)' 프로그램을 공부한 후 학교에서, 주로 정신적인 혹은 신체적인
이유로 도움을 필요로 하는 학생들과 일하고 있다.

A Room
of One's
Own

# 자기만의 방

**초판 1쇄 발행** | 2020년 4월 14일

**지은이** 버지니아 울프
**옮긴이** 여지희
**발행인** 한명선

**편집** 김화영 나은심
**마케팅** 배성진 **관리** 이영혜
**디자인** 모리스

**주소** 서울시 종로구 평창길 329(우편번호 03003)
**문의전화** 02 – 394 – 1037(편집) 02 – 394 – 1047(마케팅)
**팩스** 02 – 394 – 1029
**전자우편** saeum98@hanmail.net
**블로그** blog.naver.com/saeumpub
**페이스북** facebook.com/saeumbooks
**인스타그램** instagram.com/saeumbooks

**발행처** (주)새움출판사
**출판등록** 1998년 8월 28일(제10 – 1633호)

ⓒ 여지희, 2020
ISBN 979 - 11 - 90473 - 14 - 9  03840

• 잘못된 책은 바꾸어 드립니다.
• 책값은 뒤표지에 있습니다.

# 자기만의 방

버지니아 울프
여지희 옮김

*A Room of One's Own*

새흘

차
례

## 자기만의 방

## 일러두기

1. 이 책은 케임브리지대학교에서 낭독한 두 개의 연설문을 바탕으로 펭귄랜덤하우스 그룹의 자회사인 빈티지 클래식스에서 각색, 출간된 버지니아 울프(Virginia Woolf)의 에세이 『자기만의 방(A Room of One's Own)』(1929)을 번역한 것이다.
2. 본문 하단의 설명은 역자의 주이다.

# *1*

여러분은, '하지만 우린 당신한테 **여성과 픽션**에 관해 말해 달라 요청했습니다. 이게 자기만의 방하고 무슨 상관이 있는 거죠?' 할지도 모르겠습니다. 설명해 보도록 하겠습니다. 여러분이 제게 여성과 픽션에 관해 말해 달라 요청했을 때, 저는 강독에 앉아 그 말들이 의미하는 게 무엇일까 생각해 보기 시작했습니다. 그 말들은 단순히 패니 버니*에 관해 몇 마디 하고, 제인 오스틴**에 대해 몇 마디 더 언급하고, 브론테

---

* Fanny Burney. 영국의 소설가 프랜시스 버니(Frances Burney, 1752~1840)의 별칭. 음악가 찰스 버니의 딸인 그녀는 20대 중반에 익명으로 발표한 첫 소설『에블리나(Evelina)』로 이름을 널리 알리게 되었다. 여성 작가의 시각으로 당대 영국 사회를 묘사하고 풍자한 그녀의 소설은 많은 여성 작가들에게 영향을 주었는데, 특히 제인 오스틴은 버니의『세실리아(Cecilia)』중 마지막 문장 "이 모든 불행한 사건은 오만과 편견에서 비롯된 것입니다."에서 영감을 얻어 소설『오만과 편견(Pride and Prejudice)』의 제목을 지었다.

** Jane Austen(1775~1817). 영국의 소설가. 섬세한 문장과 경쾌한 풍자로 18세기 영국 중상류층 여성들의 삶을 담아냈다. 대표작으로『오만과 편견』『이성과 감성(Sense and Sensibility)』등이 있고, 작품에선 연애와 결혼을 많이 다루었지만 본인은 결혼하지 않고 평생 독신으로 살았다.

자매*를 기리며 눈 덮인 호워스 목사관을 묘사하는 것이거나, 가능하다면 미트퍼드 양**에 관한 재담을 좀 하고, 넌지시 조지 엘리엇***에 대한 존경을 비치고, 개스켈 부인****을 참조하는 걸 의미했을 수도 있고, 그거면 충분했을지도 모르지요. 하지만 깊이 생각할수록 그 말들은 그리 단순히 여겨지지 않았습니다. 여성과 픽션이라는 제목은, 여성 그리고 여성은 어떠한 존재인가를 의미하는 것일 수도 있고, 여러분이 의미했던 것도 그런 것이었을지도 모르겠습니다. 혹은 여성과 여성이 쓴 픽션을 의미하는 것일 수도 있으며, 또는 여성과 여성에 관해 쓰인 픽션을 의미하는 것, 아니 어쩌면 이 세 가지가 모두 같이 밀접히 뒤섞여 있는 걸 의미해서, 여러분은 제가 그런 관점에서 생각해 보길 바란 건지도 모르겠습니다. 하지만 그 주제를 가장 흥미로워 보였던 이 마지막 방식으로 생각해 보기 시작했을 때, 저는 거기서 곧 한 가지 치명적인 결함

---

* 샬럿 브론테(Charlotte Brontë, 1816~1855)와 에밀리 브론테(Emily Brontë, 1818~1848). 대표작으로 각각 『제인 에어(Jane Eyre)』와 『폭풍의 언덕(Wuthering Heights)』이 있다. 아버지가 목사였기에 영국 중부 리즈 근처의 호워스 목사관에서 살았다. 둘 다 30대를 넘기지 못하고 단명했다.

** Mary Russell Mitford(1787~1855). 영국의 시인·소설가·극작가. 글을 써서 번 돈으로 아버지의 노름빚을 갚고 아버지를 부양하느라 고생했다.

*** George Eliott(1819~1880). 영국의 소설가·시인·언론인·번역가. 빅토리아시대를 대표하는 작가로, 본명은 메리 앤 에반스(Mary Ann Evans)이나 남자 이름을 필명으로 해 30대 후반에 첫 작품을 발표했다. 유부남이었던 비평가 조지 헨리 루이스와의 동거로 비난을 받았지만, 그의 격려는 그녀의 소설 집필에 도움을 주었다.

**** Elizabeth Cleghorn Gaskell(1810~1865). 빅토리아시대의 소설가. 30대 후반 첫 소설 『메리 바턴(Mary Barton)』을 발표했고, 샬럿 브론테의 전기를 쓰기도 했다. 가정일에 충실하면서도 목사인 남편과 함께 빈민 구제 등 사회 활동도 했다.

을 발견했습니다. 저는 결코 결론에 도달할 수 없을 것입니다. 한 시간의 강연이 끝난 후 여러분의 노트 사이사이 잘 감춰져 있다가 벽난로 선반에 영원히 간직될 그 순수한 진실 덩어리를 건네준다는, 제가 이해하기론 강연의 그 첫 번째 임무를 저는 결코 완수할 수 없을 것입니다. 제가 할 수 있는 건 다만 어떤 소소한 부분에 대한 의견 하나, 여자가 픽션을 쓰려면 돈과 자기만의 방이 있어야 한다는 것을 여러분한테 제시하는 것뿐입니다. 그런데 그건, 여러분도 알겠지만 여성의 진실한 본질과 소설의 진실한 본질이라는 커다란 문제를 해결하지 않은 채 그대로 남겨 놓는 것입니다. 저는 여성과 픽션이라는, 제가 알기론 여태 풀리지 않은 문제로 남아 있는 이 두 가지 질문에 관한 결론에 도달할 의무를 회피해 오고 있었습니다. 하지만 그걸 좀 보상하고자, 제가 어떻게 방과 돈에 관한 이런 의견에 도달하게 되었는지 여러분한테 보여 주기 위해 최선을 다하려 합니다. 이런 생각을 하도록 저를 이끈 사고의 흐름을 여러분 앞에서 가능한 한 충실하고 자유롭게 전개시킬 것입니다. 제가 이 진술 이면에 놓인 발상들, 편견들을 숨기지 않고 늘어놓으면 아마 여러분은 그것들이 얼마쯤은 여성들에 관한 걸 담고 있고 얼마쯤은 픽션에 관련된 걸 담고 있음을 알게 될 것입니다. 어쨌든, 주제가 고도로 논쟁적일 때—그리고 어떤 성에 관련된 문제에 있어서— 진실이 말해지길 바랄 순 없을 것입니다. 무슨 의견을 견지했든 간에, 어떻게 거기 도달했는지만 보여 줄 수 있을 뿐이지요. 청중이 강연자의 한계와 편견과 별스러움을 지켜보면서 스스로 결론을 끌어내는 기회를 줄 수 있을 뿐입니다. 이 점에서 픽션은 사실보다 더 진실을 내포할지 모릅니다. 그런고로 저는 소설가로서의 모든 자유와 특권을 이용하여, 이틀 전 제가 이곳에 오기 앞서 일어났던 이야기를 여러분한테 말해 볼까 합니다. 여러분이 제 어깨에 올려놓은 주제의 무게 때문에 구부정해진 채 곰곰이 그것에 관해 생각해 보다가, 일상의 안팎에서 제가 어떻게 이런 생각을 끌어냈는지 말입니다. 제가 묘사하려는 것이 절대 존재하지 않는 것이란 걸 말할 필요는 없겠지요. 옥스브리지는 허구이고 펀햄도 그렇습니다.* '저'란 실재하지 않는 누군가를 지칭하는 편리한 용어일 뿐입니다. 거짓들이 제 입술에서 흘러나올 것이지만, 아마 얼마간의 진실이 거기 섞여 있겠지요. 그 진실을 찾아내고 그것의 어떤 부분이 지닐 가치가 있는지 결정하는 건 여러분입니다. 아니면, 물론 여러분은 이걸 전부 휴지통에 던져 버리고 이 모든 걸 깡그리 잊을 수도 있겠지요.

그때 저는(저를 메리 비턴이든, 메리 시턴이든, 메리 카마이클이든, 뭐든 여러분 좋을 대로 부르세요— 그건 전혀 중요하지 않습니다) 1, 2주 전 화창한 10월에, 생각에 잠겨 여기 강독에 앉아 있었습니다. **여성과 픽션**이라는, 아까 말했던 그 온갖 편견과 격정을 불러일으키는 주제에 관해 어떤 결론에 도달할 필

---

* 옥스브리지와 펀햄은 가공의 대학들로, 각각 옥스퍼드와 케임브리지, 여자대학이었던 뉴넘과 거턴을 모델로 만들어진 듯하다.

요성이란 목줄이 제 고개를 푹 꺾었지요. 황금빛과 진홍빛이 어우러진 오른쪽 왼쪽 덤불들이 선명한 빛을 발했고 심지어 불꽃의 열기에 타오르는 듯 보였습니다. 강둑 먼 곳엔 그치지 않는 비탄에 잠겨 머리를 어깨로 축 늘어뜨린 버드나무들이 있었습니다. 강은 하늘이든 다리든 불타는 나무든 자기가 선택한 건 뭐든 다 비추었고, 보트를 탄 대학생이 노를 저어서 지나가 버리자, 물에 반사된 것들은 아무도 거길 지나간 적이 없었던 것처럼 다시 완벽하게 본래 모습을 되찾았습니다. 생각에 잠긴 채 종일 그러고 앉아 있을 수도 있을 것 같았습니다. 사색은—실제 그럴 가치가 있는 것보다 더 생산적인 이름으로 부르자면— 흐르는 강물 속에 낚싯대를 드리워 놓고 있었습니다. 그건 매 순간 물에 비친 그림자들과 갈대들 사이에서 이리저리 흔들거렸습니다. 돌연 어떤 생각이 낚싯대 끝에 응집할 때까지—여러분도 그 살짝 당겨지는 느낌을 알 것입니다— 물이 낚싯대를 들어올렸다 가라앉혔다 하도록 놔두면서요. 자, 그럼 그걸 신중히 끌어와, 조심스레 펼쳐 놓아 볼까요? 저런, 잔디에 펼쳐 놓은 이런 저의 생각이란 게, 얼마나 작고 얼마나 시시하게 보이던지요. 좋은 어부는 어떤 물고기들을 다시 물속에 풀어 놓지요. 언젠가 요리해 먹을 만한 가치가 있게 살집이 오르게 하려고요. 저는 지금은 그 생각 가지고 여러분을 괴롭히지 않겠습니다. 신중히 살펴보면, 제가 하려는 말 도중에 여러분 스스로 그걸 찾을진 모르지만요.

하지만 작다고는 해도, 그럼에도 그 생각이란 건 어떤 신비한 속성 같은 게 있어서 다시 머리에 떠올랐고, 단번에 아주 흥미롭고 또 중요한 것이 되었습니다. 확 떠올랐다 가라앉고, 여기저기서 번뜩거리면서, 밀려와 요동치는 여러 생각들로 가만 앉아 있기가 불가능하게 되었습니다. 제가 엄청 빠른 속도로 잔디밭을 가로지르고 있다는 걸 깨달은 건 그래서였습니다. 순식간에 어떤 남자의 모습이 불쑥 솟아나 저를 저지했습니다. 처음엔 모닝코트와 이브닝셔츠를 입고 있는, 그 기묘해 보이는 대상의 몸짓이 저를 겨냥한 것이었음을 이해하지 못했습니다. 그는 경악하고 분개한 표정을 지었습니다. 이성보단 차라리 본능이 제게 도움이 되었습니다. 그는 교구教區 관리인이었던 것입니다. 저는 여자였고요. 여긴 잔디밭이었지요. 길은 저쪽이었고요. 오직 연구원들이나 학자들한테만 이곳이 허용되지요. 저 자갈밭이 제 길이고 말입니다. 그런 생각들이 한순간에 떠올랐습니다. 제가 다시 길로 나서자 관리인이 팔을 내렸고, 아마 평상시에 짓고 있을 그런 낯빛이 되더군요. 잔디밭을 걷기가 자갈밭보다 낫고 아무 큰 해를 끼쳤던 것도 아닌데 말입니다. 그 대학의 연구원들이든 학자들이든 간에 제가 그들한테 다만 책임을 묻고 싶은 건, 300년간 굴러왔던 그들의 잔디밭 보호 정책이 저의 작은 물고기를 몰아내 숨어 버리게 한 것입니다.

저 고색창연한 기숙사들을 지나 단과대학들 사이를 어슬렁거리니 꺼칠하던 마음이 진정되었습니다. 육체는 어떤 소리도 꿰뚫을 수 없는 경이로운 유리 캐비닛 속에 들어가 있는 것 같았고, 현실과의 접촉에서 완전히 해방된 마음은(잔디밭을 다시 무단침입하지만 않으면), 그 순간과 조화를 이룬 어떤 사색에도 자유롭게 전념할 수 있었습니다. 긴 휴가 동안 옥스브리지를 다시 방문한 것에 대해 쓴 어떤 옛날 에세이가 문득 떠오르더니 제 맘속에 찰스 램*을 불러왔습니다. 성聖 찰스, 새커리**가 램의 편지를 이마에 대며 그렇게 말했지요. 사실 모든 죽은 사람들 가운데서(생각들이 떠오르는 대로 여러분한테 말씀드립니다), 램은 저와 마음이 제일 잘 맞는 사람 중 하나입니다. 당신이 그때 그 에세이들을 어떻게 썼는지 제게 말씀해 주시겠어요? 라고 묻고 싶었을 사람이지요.

그의 에세이는, 제 생각으론 모든 것이 완전무결한 맥스 비어봄***의 것보다 뛰어납니다. 거침없이 번뜩이는 상상력과 번개처럼 중간중간 쩍 갈라져 나오는 천재성이 에세이에 약점과 불완전함을 남기지만, 시적 표현들로 찬란합니다. 아마 100년 전, 램이 옥스브리지에 왔을 것입니다. 분명히 그가 에세이 하나를 썼는데―제목이 제게서 달아나는군요― 그가

---

* Charles Lamb(1775~1834). 영국의 시인·에세이스트. 정신질환을 앓고 있던 누나가 엄마를 살해했고, 그는 누나를 돌보며 미혼으로 생을 마쳤다. 그가 '엘리아'라는 필명으로 기고한 에세이를 모아 펴낸 『엘리아 에세이(Essays of Elia)』는 영국 산문문학의 걸작으로 평가받는다.

** William Makepeace Thackeray(1811~1863). 찰스 디킨스와 함께 19세기 영국문학을 대표하는 소설가로, 그의 작품 『허영의 시장(Vanity Fair)』은 당시 중상류 계급의 위선을 날카롭게 풍자했다. 정신질환을 앓는 아내를 부양했다.

*** Sir Max Beerbohm(1872~1956). 풍자화가·작가·연극평론가. 옥스퍼드대학교 재학 중 이미 에세이스트로 명성을 얻었다.

여기서 보았던 어떤 밀턴* 시의 자필 원고에 관한 것이었습니다. 아마 「리시다스」**였던 것 같은데, 램은 「리시다스」에 쓰인 어떤 단어가 지금 것과 달라질 수도 있었다고 생각하는 게 얼마나 충격이었는지에 대해 썼습니다. 그 시에 쓰인 단어들을 바꾸고 있는 밀턴을 생각하는 건 그에겐 일종의 신성모독처럼 보였습니다. 이건 제가 기억할 수 있는 만큼 「리시다스」를 떠올려, 밀턴이 이미 썼다가 바꿨을 수도 있는 단어가 있으면 어떤 것일까, 왜 그랬을까 추측하는 재미를 느끼게 했습니다. 그때, 램이 봤던 바로 그 자필 원고가 고작 몇백 야드 떨어진 곳에 있다는 것이, 그래서 램의 발자취를 따라 학교 안뜰을 가로지르면 그 보물이 보관된 유명한 도서관에 갈 수도 있겠다는 생각이 떠올랐습니다. 게다가 이 계획을 실행에 옮기면서 저는 이 유명한 도서관엔 새커리의 『에스먼드』*** 자필 원고도 보관돼 있다는 걸 기억해 냈습니다. 비평가들은 종종 『에스먼드』가 새커리의 가장 완벽한 소설이라고 말합니다. 하지만 제 기억으론, 18세기를 모방한 그 허세를 부리는 듯한 문체가 거슬립니다. 만약 정말 그 18세기 스타일이 새커리한테 자

---

* John Milton(1608~1674). 영국의 시인. 셰익스피어에 비견되는 그의 대표작으로는 대서사시 『실낙원(Paradise Lost)』이 있다.

** 영국의 대표적인 목가적 비가. 밀턴의 「리시다스(Lycidas)」(1638)는 대학 친구인 에드워드 킹의 죽음을 애도하며 쓴 작품이다. 「리시다스」 원고는 실제론 케임브리지의 트리니티대학에 소장돼 있기에 버지니아가 말한 가상의 옥스브리지가 케임브리지대학교를 모델로 하고 있음을 추측할 수 있다.

*** 18세기 초를 배경으로 한 『헨리 에스먼드 이야기(The History of Henry Esmond)』는 새커리의 대표작으로 일컬어진다.

연스럽지 않았다면—자필 원고를 살펴보면서, 원고를 수정한 것이 문체 때문에 그런 건지, 아니면 의미를 위한 것이었는지 사실을 파악할 수 있을지 모릅니다. 하지만 그러면 무엇이 문체이고 무엇이 의미인지를 결정해야 할 텐데, 그 문제는— 그런데 저는 정말로 거기, 도서관으로 들어가는 출입문 앞에 서 있었습니다. 제가 문을 열었던 건 분명합니다만, 즉각 거기에 하얀 날개 대신 펄럭이는 검은 가운을 입은 수호천사 같은 은발의 신사가 나와서 못마땅한 얼굴로 친절히 길을 가로막았습니다. 그는 유감 섞인 낮은 목소리로 숙녀들은 대학 연구진과 동행하거나 소개장이 있을 때만 입장할 수 있다며 제게 물러서라는 손짓을 했습니다.

어떤 유명한 도서관이 한 여자의 저주를 받고 있는 건 그 유명한 도서관에게는 전적으로 관심 밖의 문제입니다. 권위 있게 그리고 고요하게, 그 모든 보물들을 품속에 안전히 잠가 놓은 채 도서관은 만족스러운 잠에 빠져 있고, 제가 보기엔 그렇게 영원히 잠들어 있을 것입니다. 저곳의 메아리를 깨우는 일은 절대 없을 것이고, 환대를 부탁할 일도 결코 없을 거라고, 분노에 차 계단을 걸어 내려오며 저는 다짐했습니다. 오찬 때까진 아직도 한 시간이 남았으니 뭘 할 게 있었을까요? 목초지를 어슬렁거리는 것? 강가에 앉아 있기? 정말 아름다운 가을 아침이었습니다. 잎들이 붉게 흩날리며 떨어졌습니다. 뭘 하느라 힘들게 애쓸 것도 전혀 없었지요. 그런데 음악 소리가 귀에 와닿았습니다. 예배나 축하 행사 같은 것이 열리고 있었습니다. 제가 예배당 앞을 지나가고 있을 때 오르간이 육중한 신음을 토해 냈습니다. 그런 평온한 공기 속에선 기독교의 비애조차 슬프다기보단 슬픔의 회상처럼 들렸습니다. 그 고릿적 오르간이 낑낑거리는 것조차도 평화롭게 휘감기는 듯했습니다. 설혹 그럴 권리가 있었더라도 저는 들어가고 싶은 마음이 전혀 없었고, 어쩌면 이번에는 예배당 관리인이 세례 증명서나 혹은 주임 사제의 소개서 같은 걸 요구하며 저를 불러 세웠을지도 모르지요. 하지만 이런 웅장한 건물들의 외관은 종종 내부만큼 아름답습니다. 게다가 신도들이 벌집 입구의 벌들처럼 교회 문 앞에 집합해 들어갔다 다시 나왔다 하면서 부산을 떠는 걸 지켜보는 것도 충분히 재미있었습니다. 많은 사람들이 모자를 쓰고 가운을 입고 있었습니다. 몇몇 사람들은 어깨에 장식술을 달았습니다. 또 어떤 이들은 휠체어를 타고 이동 중이었습니다. 어떤 사람들은 중년을 넘기지도 않았는데, 수족관 모래를 횡단하는 게 힘들어 헐떡거리는 거대한 게나 가재들처럼, 주름이 지고 형체가 망가진 듯 보였습니다. 벽에 기대서서 바라보니 대학은 정말, 만일 생존을 위해 싸우라고 스트랜드가街 도로에 내놓으면 곧 무용지물이 될 것 같은 희귀종들을 보존하고 있는 보호구역처럼 보였습니다. 나이 든 사제들과 노학감老學監들에 관한 옛이야기들이 기억났는데—휘파람 소리에 모 노교수가 즉시 뛰쳐나왔다는 말이 있었죠— 제가 휘파람 불 용기를 소환하기도 전에 존경할 신도들이 안으로 들어가 버렸습니다. 예배당 외관만 남겨

둔 채 말입니다. 그러니까 결코 도달하지 않을 영원한 항해를 하고 있는 범선처럼, 밤에 불을 밝히면 몇 마일 너머 멀리 떨어진 건너편 언덕들에서도 높다랗고 둥근 지붕과 지붕 위의 첨탑이 보입니다. 짐작건대, 한때는 이 보드라운 잔디가 깔린 학교 안마당과 위풍당당한 건물들과 예배당 자리 역시 잡초들이 물결치고 돼지들이 주둥이로 땅을 파헤쳐 먹이를 찾는 습지였을 겁니다. 먼 나라들에서 수십 마리 말들과 황소떼가 끄는 짐마차에 석재를 실어 왔겠구나, 그다음엔 지금 내가 서 있는 곳에 그늘을 만드는 저 큰 회색 건물들을 한 층 또 한 층 차례대로 균형을 맞춰 한도 끝도 없이 힘들여 쌓았겠구나, 그런 다음 도장공들이 창에 달 유리를 가져오고, 그 후론 석공들이 지붕 작업을 하느라고 접합제랑 시멘트, 삽이랑 흙손으로 몇 세기 동안 바빴겠구나, 하는 생각이 들었습니다. 누군가는 매주 토요일 가죽 지갑의 금화와 은화를, 짐작건대 밤의 여흥을 위해 자기들의 늙은 손아귀에 쏟아부었겠지요. 돌들이 들어오고, 석공들이 그걸 평평하게 만들고, 도랑을 파고, 땅을 파고, 하수구를 만드는 작업을 계속하도록 금화와 은화의 물결이 구내로 무한정 흘러 들어왔을 거라는 생각이 들었습니다. 하지만 그땐 신앙의 시대였으니 깊숙한 토대에 저런 돌들을 쌓으려는 돈이 후하게 쏟아부어졌고, 돌을 다 쌓은 후에도 이곳에서 찬송가를 부르고 학자들을 길러야 한다는 걸 확실히 하려고, 왕과 여왕과 높은 귀족들의 금고에서 나온 더 많은 돈이 쏟아부어졌을 것입니다. 부지가 지원되고 십일조 헌금이 걷혔습니다. 신앙의 시대가 끝나고 이성의 시대가 시작돼서도, 금과 은의 흐름은 똑같이 계속됐습니다. 장학재단이 창설되고, 강좌 개설 기금이 기부됐습니다. 단지, 금과 은의 흐름은 이제 왕의 금고에서 비롯되는 게 아니라 상인들과 수공업자들의 궤짝에서, 그리고 돈을 만들어 낸, 즉 산업으로 거금을 번 사람들의 지갑에서 돌아온 것입니다. 번 것을 너그럽게 나눈다는 유언으로 말입니다. 말하자면 자기들이 기술을 배웠던 대학에 더 많은 교수직을 만들고 더 많은 강좌를 개설하고 더 많은 장학재단을 설립하기 위해서 말이지요. 그리하여 몇 세기 전까지 잡초들이 물결치고 돼지들이 먹이를 뒤지던 곳에 이제는 도서관과 실험실과 관측실이 생겼고, 유리 선반에는 값비싸고 훌륭한 장비들과 정교한 도구들이 놓여 있습니다. 구내를 천천히 걸어 보니 확실히 금과 은으로 다진 초석이 충분히 깊어 보입니다. 야생 풀밭 위로는 단단히 포장도로가 깔려 있고요. 머리에 쟁반을 인 사람들이 계단을 바삐 오르내리고 있었습니다. 창가의 화단에는 꽃들이 현란히 피어 있었습니다. 건물 안의 방들에서 축음기 소리 같은 게 울려 퍼졌습니다. 어쩔 수 없이 어떤 생각을 떠올릴 수밖에 없었는데, 떠오른 생각이 뭐였든 금방 끝났습니다. 시계종이 울렸지요. 오찬 장소를 향한 길을 찾을 시간이었습니다.

　소설가들이 우리로 하여금 오찬 파티란 늘 누군가의 대단히 위트 있는 어떤 말이나 혹은 아주 현명한 어떤 행위로 인해 기억에 남는 법이라고 믿게 만드는 건 신기한 사실입니다. 하지만 그들은, 무엇을 먹었는지에 관해선 거의 한 마디도 할애하지 않습니다. 수프와 연어와 새끼 오리 요리를 언급하지 않는 건 소설가들의 일종의 관습입니다. 수프와 연어와 새끼 오리 요리가 하등 중요한 게 아닌 것처럼, 아무도 절대 담배를 피우거나 와인을 마시지 않는 것처럼 말입니다. 그렇지만 저는 여기서 그 관습에 반항하는 자유를 취할 것이고, 이번 오찬은 대학의 요리사가 가자미에 새하얀 크림치즈를 시트처럼 펴 발라서, 암사슴의 옆구리 점들 같은 갈색 점들이 여기저기 생길 때까지 놔두었다가 깊숙한 접시에 담아 내어 온 가자미 요리로 시작했다는 걸 말하겠습니다. 다음은 자고새가 나왔는데, 털 없는 갈색 새 두 마리를 접시에 담은 거겠지, 생각한다면, 그건 그렇지 않습니다. 많고 다양한 자고새들이 각각 차례로, 모두 자극적이고 달콤한 소스와 샐러드를 곁들여 나왔습니다. 감자는 동전처럼 얇았지만 그리 딱딱하지 않았고, 방울양배추는 장미 봉오리처럼 잎이 겹겹이 나 있었지만 더욱 촉촉했습니다. 구운 고기와 곁들인 것들을 끝내자마자, 아마 역시 교구 직원일, 음식을 나르던 조용한 남자가 더욱 온화한 모습으로 냅킨에 싸인, 설탕을 물결처럼 도드라지게 만든 과자를 우리 앞에 놓았습니다. 그걸 푸딩이라 부르면서 쌀과 타피오카와 연관 짓는 건 모욕일 것입니다. 그러는 동안 와인잔들은 노란색으로 물들었다가 진홍색으로 물들었다가 비워졌다가 채워졌습니다. 그리하여 척추를 타고 내려온 등 한가운데, 영혼의 자리에 차츰 불이 켜졌는데 그건 우리 입술로 튀어 들어왔다 나가는, 우리가 찬란하다고 얘기하는 그런 딱딱한 작은 전깃불이 아니라, 더욱 심오하고 풍부한 이성적 교감에서 나와 섬세하고 비밀스럽게 타오르는 노란 불길이었습니다. 서두를 필요 없이요. 반짝거릴 필요 없이요. 다른 누구일 필요 없는 그 자신인 채로 말이지요. 우린 모두 하늘로 가게 될 것이고 반다이크*도 우리와 같이 가겠지요. 달리 말하면, 질 좋은 담배에 불을 붙이고 창가의 의자에 앉아 쿠션에 몸을 깊숙이 파묻고 있을 때 삶은 얼마나 만족스럽게 느껴지는지, 그 보상은 얼마나 달콤하고 원한이나 불만은 얼마나 하찮은지, 우정이나 우리와 같은 사람들과의 교제는 얼마나 훌륭한 것으로 보이는지요.

만일 운 좋게 손닿는 곳에 재떨이가 있었더라면, 재를 아무렇게나 창밖으로 털지 않았더라면, 만약 상황이 지금과 약간만 달랐더라면, 아마 꼬리 없는 고양이를 보게 되진 않았을 것입니다. 그 갑작스럽게 출현한, 끝이 잘린 동물이 타박타박 고요히 잔디밭을 걷고 있는 광경은 어떤 잠재적 인식을 우연히 깨어나게 해서 제 감정의 빛깔을 변화시켰습니다. 마치 누군가 그늘을 드리운 것 같았습니다. 아마 그 훌륭한 와인 기운이 가시고 있었겠지요. 저 맹크스고양이 또한 우주에 질문

---

* Sir Anthony Van Dyck(1599~1641). 플랑드르의 화가. 유럽 귀족층의 초상화와 종교적·신화적 주제를 많이 그렸다. 섬세하고 명암에 갈색을 즐겨 쓰는 소위 영국풍 초상화의 틀을 이루었다.

을 던지고 있는 듯 잔디밭 한가운데서 가던 길을 멈춘 걸 보니, 확실히, 무언가가 결여돼 있는 것 같았고 무언가 다르게 보였습니다. 저는 그 대화에 귀를 기울이며, 하지만 무엇이 결여돼 있고 무엇이 다른가? 스스로한테 물었습니다. 그리고 그 질문에 답하기 위해 저는 그 방에서 나와, 전쟁이 실제로 발발하기 전의 과거로 돌아간 제 자신을 생각해야 했고, 이곳에서 아주 멀리 떨어지지 않은, 하지만 다른, 또 다른 오찬 파티가 열리는 방들과 그 장면을 눈앞에 그려 보아야 했습니다. 모든 것이 달랐습니다. 그러는 와중에 많은, 일부는 여자 일부는 남자들인 젊은 손님들 사이의 대화는 계속됐고, 얘기는 거리낌 없이 순조롭고 즐겁게 이어졌습니다. 대화가 계속되는 동안 저는 그걸 저 다른 쪽 공간의 대화에 대보았고, 그 둘을 함께 나란히 놓아 보았더니, 그게 저 다른 쪽의 적법한 상속자, 후손임은 의심할 여지가 없었습니다. 아무것도 달라진 게 없었습니다. 이것만 제외하면, 아무것도 다르지 않았는데— 저는 여기, 전적으로 사람들이 하는 말만 듣는 게 아니라 그 뒤의 중얼거림 혹은 흐름에 집중했습니다. 그래요. 이거였어요— 변한 건 이거였습니다. 전쟁 전 이런 오찬 파티에서 사람들은 정확하게 같은 말을 했을 수도 있지만, 그 시대 그 말들은 일종의 콧노래, 명료하지 않지만 설레는 음악적 운율을 수반했을 것이고, 그것들이 단어들 본연의 의미를 바꾸어 다르게 들렸을 것입니다. 콧노래 소리를 단어들에 실을 수 있을까요? 아마 시인들의 도움으로 그럴 수도 있겠지요. 제 옆엔 책

한 권이 놓여 있고, 그걸 펼쳐 넘기니 마침 우연히 테니슨\*이 나옵니다. 그리고 여기 테니슨이 이렇게 노래하고 있는 것을 발견했습니다.

영롱한 눈물 한 방울이 떨어졌네
문가 시계꽃에서
그녀가 와요, 내 비둘기, 내 사랑
그녀가 와요, 내 생명, 내 운명
붉은 장미가 외치네, '그녀는 가까이 있어요, 그녀는 가까이 있어요'
흰 장미가 눈물 흘리네, '그녀가 늦는군요'
미나리아재비가 귀 기울이네, '들려요, 내게 들려요'
그리고 백합이 속삭이네, '난 기다려요'

이게 전쟁 전 오찬 파티에서 남자들이 흥얼거린 콧노래였을까요? 그럼 여자들은요?

내 가슴은 노래하는 새와 같아요,
물오른 어린 가지에 둥지를 튼.
내 가슴은 사과나무 같아요,
무성한 열매로 가지들이 휜.

---

\* Alfred Tennyson(1809~1892). 빅토리아시대의 계관시인. 대표작은 죽은 친구에게 바치는 애도시 『인 메모리엄(In Memoriam)』이다.

내 가슴은 무지갯빛 조가비 같아요,
평온한 바다 속에서 노를 젓는.
내 가슴은 이 모든 것보다 기뻐요,
내 사랑 내게 왔기에.[*]

이게 전쟁 전 여자들이 오찬 파티에서 흥얼거린 콧노래였을까요?

전쟁 전 오찬 파티에서 사람들이 저런 것들을 나지막이 흥얼거렸다고 생각하니 좀 웃겨서 저는 웃음을 터뜨렸고, 잔디밭 한복판의 저 약간 우스꽝스러워 보이는, 꼬리 없는 가여운 짐승, 맹크스고양이를 가리키며 웃음을 해명해야 했습니다. 저건 정말 저렇게 태어난 걸까요, 아니면 사고로 꼬리를 잃어버린 걸까요? 비록 맨섬에 꼬리 없는 고양이들이 좀 존재한다고 합니다만, 우리가 생각하는 것보다 더 희귀합니다. 기묘한 동물이고 아름답다기보단 진기합니다. 꼬리 하나가 얼마나 큰 차이를 만드는지를 보니 이상합니다— 오찬 파티가 끝나고 사람들이 자기들의 코트와 모자를 찾으면서 하는 그런 말들은 여러분도 알고 있을 겁니다.

이번 오찬은 주최한 분의 후한 대접 덕분에, 오후 너머까지 계속됐습니다. 아름다운 10월의 한낮이 저물어 가고 있었고 저는 거리의 잎을 떨구고 있는 나무들 사이를 걸었습니다. 제

---

[*] 영국의 여성 시인 크리스티나 로제티(Christina Georgina Rossetti, 1830~1894)가 쓴 시 「생일(A Birthday)」.

뒤로 잇달아 닫히던 문들이 마지막으로 살며시 닫힌 것 같았습니다. 수없이 많은 교구 관리인들이 셀 수 없이 많은 열쇠들을 기름칠이 잘 된 자물쇠에 끼워 넣고 있었습니다. 저 보물 창고는 안전히 또 하룻밤을 보낼 준비를 하고 있었습니다. 거리 끝에서 나온 길은—이름은 잊어버렸어요— 오른쪽으로 돌면 바로 펀햄으로 이어지는 길이었습니다. 하지만 시간은 넉넉했습니다. 저녁 식사는 7시 반이 되어야 합니다. 저러한 점심 식사 후엔 저녁을 먹지 않아도 별 상관 없을 수도 있고요. 시 한 조각이 마음에 어떻게 작용하는지, 어떻게 거기 맞춰서 다리를 움직이게 하는지 신기합니다.

영롱한 눈물 한 방울이 떨어졌네
문가 시계꽃에서
그녀가 와요. 내 비둘기, 내 사랑—

헤딩리를 향해 분주히 걸음을 옮기는 동안 이런 시어들이 제 핏줄기 속에서 노래했습니다. 그런 뒤, 물살이 거품을 내며 솟구치는 둑 옆에서 저는 다른 리듬에 젖어들어 이렇게 노래했습니다.

내 가슴은 노래하는 새와 같아요,
물오른 여린 가지에 둥지를 튼.
내 가슴은 사과나무 같아요…

놀라워, 황혼 속에서 흔히 그러듯 전 큰 소리를 내뱉었습니다. 정말 그들은 얼마나 대단한 시인들이람!

어쩌면 우리가 살고 있는 시대로 인한 일종의 질투심에서, 비록 이런 비교가 어리석고 불합리하겠지만, 만약 정직하게 당시의 테니슨과 크리스티나 로제티만큼 위대한 현존하는 시인을 꼽으라면 과연 그럴 수 있을까, 저는 계속해서 의아심을 품어 보았습니다. 거품이 이는 물살을 응시하며 저는 그들과 비교하는 건 명백히, 불가능하다고 생각했습니다. 그 시들이 그러한 열정, 그런 황홀에 이르도록 우릴 흥분시키는 이유는, 한때 우리가 가지고 있었던 어떤 감정(아마 전쟁 전 오찬 파티들에서의)을 예찬해서, 우리가 그 감정을 점검해 보거나 그걸 현재의 어떤 감정과 비교하는 어려움 없이, 쉽고 친숙하게 반응하도록 하기 때문입니다. 하지만 현존하는 시인들은 사실상 이 순간 만들어져 우리한테서 뜯겨 나온 감정을 표현합니다. 처음엔 그것을 인식도 못합니다. 무슨 이유에선지 종종 그것을 두려워합니다. 날카롭게 그것을 지켜보며 질투와 의심을 품고 자신이 알고 있던 옛 감정과 비교합니다. 현대시가 어려운 건 이런 이유로 인해서입니다. 그리고 어려움 때문에 어떤 훌륭한 현대시라 해도 연속해서 두 줄 이상을 암기할 수 없습니다. 이런 이유로 인한―즉 제 기억력이 나쁘다는― 자료 불충분으로 논쟁은 흐지부지되었습니다. 하지만, 헤딩리를 향해 걸어가면서 저는 계속 생각했지요. 왜 우리는 오찬 파티에서 나지막이 흥얼거리는 걸 그쳤을까요? 왜 알프레드가 노래하는 걸 멈췄을까요.

　그녀가 와요, 내 비둘기, 내 사랑

　왜 크리스티나는 화답을 멈추었을까요.

　내 가슴은 이 모든 것보다 기뻐요,
　내 사랑 내게 왔기에.

　전쟁을 탓해야 하는 걸까요? 1914년 8월 총들이 불을 내뿜었을 때, 남자들과 여자들의 얼굴은 그토록 명백하게 로맨스가 살해당했음을 상대방 눈에 보여 주었던 걸까요? 포화의 불빛 속에서 우리의 통치자들 얼굴을 보는 건 물론 충격이었습니다(특히 교육 등등에 관한 허상을 품었던 여자들한테는요). 그들은─독일인, 영국인, 프랑스인─ 너무 추해 보였고 너무 어리석어 보였지요. 하지만 그 비난의 화살을 어디에, 누구한테 돌리든, 테니슨과 크리스티나 로제티로 하여금 연인이 오고 있는 걸 그토록 열정적으로 노래하게 영감을 주었던 그 환상은 이제 그때보다 훨씬 더 진귀해졌습니다. 오직 읽고, 보고, 듣고, 기억해야 할 뿐입니다. 하지만 왜 '탓해야' 하는 거지요? 만약 그게 환상이면, 왜 환상을 파괴한 자리에 진실을 놓아둔, 그게 뭐든 간에, 그 파국을 칭찬하지 않는 걸까요? 왜냐하면 진실이란··· 이 점들은 제가 진실을 찾다가 편햄으로 돌아서는 곳을 놓친 지점을 표시한 것입니다. 저는 스스로에게 물어보았습니다. 그래, 정말 뭐가 진실이었고 뭐가 환상이었을까? 예를 들어, 황혼빛을 받아 불그스름한 창들로 인해 지금은 어슴프레 흥겨워 보이지만, 아침 9시면 사탕절임과 구두 끈들로 노골적으로 붉고 지저분해 보일 저 집들에 관해선 어떤 게 진실일까요? 슬며시 위를 떠도는 옅은 안개로 지금은 흐릿하지만, 햇살 속에선 붉은색과 황금색인 저 버들가지들과, 강과 강을 죽 따라 나 있는 정원들—이것들에 관해선 무엇이 진실이고 무엇이 환상일까요? 헤딩리로 향하는 길에선 어떤 결론도 찾을 수 없기에, 여러분을 제 얽히고 꼬인 생각에서 그만 놓아 드리겠으니, 실수로 길을 잘못 든 걸 제가 금방 깨닫고 편햄 쪽을 향해 되돌아갔나 보다 생각해 주시길 바랍니다.

이미 말했다시피 10월의 어느 날이었고, 저는 감히 계절을 바꾸어 정원 담장에 매달린 라일락과 크로커스와 튤립과 또 다른 봄꽃들을 묘사하면서 픽션에 대한 여러분의 존경심을 잃게 만들고, 픽션의 훌륭한 평판을 위태롭게 하지 않겠습니다. 픽션은 반드시 사실에 충실해야 하고, 그 사실들이 더 진실할수록 더 나은 픽션이 된다고— 우리는 그렇게 들었습니다. 그러므로 여전히 가을이고 여전히 노란 잎들이 떨어지고 있었는데, 어떤가 하면 이젠 저녁때이므로(정확히 말하면 7시 23분) 아까보다 좀더 빨리 떨어지고 있었고, 미풍이(정확하게는 남서풍이) 일고 있었습니다. 하지만 무언가가 이 모든 것들에 기묘하게 작동하고 있었습니다.

내 가슴은 노래하는 새와 같아요,
물오른 어린 가지에 둥지를 튼.
내 가슴은 사과나무 같아요,
무성한 열매로 가지들이 휜—

라일락이 정원 담장 너머로 꽃잎을 흔들고 멧노랑나비들이 이리저리 획획 날아다니고 공중엔 꽃가루가 떠다니는, 이런 바보 같은 공상은 어쩌면 부분적으론 크리스티나 로제티의 시구 탓이기도 했는데—물론 단지 환상에 불과할 뿐인 거지요. 어느 방향에서 온 것인지 모르겠지만, 바람 한 줄기가 불어와 반쯤 자란 잎들을 들추자 대기가 은회색으로 반짝였습니다. 빛깔들이 격렬해지고 들뜬 가슴이 고동치듯 유리창이 보랏빛과 금빛으로 불타는 빛의 교차 시간이었습니다. 어떤 이유로 세상의 아름다움이 모습을 드러냈다 곧 스러지려 할 때(여기서 저는 정원으로 들어섰습니다. 문이, 부주의하게, 열려 있었고 근처에 아무 교구 관리인도 보이지 않는 듯했거든요), 너무 금방 스러지는 세상의 아름다움은 한쪽엔 웃음이 다른 한쪽엔 고뇌, 이 두 개의 날이 있어 심장을 산산조각 내버립니다. 제 앞에 펼쳐진 편햄의 정원엔, 기다란 풀들 사이 아마 제철에 질서 정연하게 핀 게 아니라 무심하게 여기저기서 불쑥 자란 수선화와 야생 히야신스가 봄의 황혼 속에서 뿌리를 잡아당기고 있는 바람에 하느작거립니다. 건물 유리창들은 붉은 벽돌의 거대한 물결 한가운데서 배의 창들처럼 휘어져 있고,

바쁜 봄구름들의 비행 아래 레몬빛에서 은빛으로 변했습니다. 누군가가 해먹에 있었지만, 누군가는, 이런 빛 속에선 절반만 보이고 절반은 추측해야 할 단지 환영일 뿐인 누군가는 풀밭을 가로지르며 달렸습니다.—아무도 그녀한테 그러지 말라고 하진 않을까요? 그때 갑자기 불쑥 나타난 것처럼, 겸손해 보이지만 외경심을 불러일으키는 구부정한 형체가 테라스에서 공기를 쐬려고 넓은 이마를 드러내고 허름한 옷을 걸치고 나와 정원을 힐끗거렸습니다— 그 유명한 학자일 수도 있지 않을까요? 그녀가 바로 J--- H---\*일까요? 모든 게 흐릿했습니다. 여전히 강렬하기도 했고요. 황혼이 정원으로 홀러딩 내던진 스카프가 별이나 칼— 늘 그렇듯 봄의 심장에서 튀어나온 어떤 끔찍한 리얼리티의 섬광에 갈기갈기 찢긴 것처럼 말이에요. 왜냐면 젊음이란…….

자, 저의 수프가 나왔군요. 만찬은 커다란 연회장에 마련됐습니다. 실은 봄과는 한참 거리가 먼 10월 저녁이었고요. 아주 큰 연회장에 모두 모였습니다. 저녁이 준비됐습니다. 이게 그 수프입니다. 그냥 밍밍한 고깃국이었습니다. 공상을 불러일으킬 만한 건 아무것도 없었습니다. 접시에 무늬가 있을 수도 있었고 그랬다면 멀건 액체를 통해 무늬를 볼 수도 있었을

---

\* 제인 해리슨(Jane Ellen Harrison, 1850~1928). 영국의 고전학자이자 언어학자. 칼 케레니이(Karl Kerenyi), 월터 버커트(Walter Burkert)와 함께 고대 그리스의 종교와 신화를 근대 학문으로 최초로 연구했다. 영국 대학교에서 '전문 연구직 및 강사' 자리를 얻은 최초의 여성이기도 하다.

겁니다. 하지만 무늬 같은 건 전혀 없었습니다. 접시는 단순했어요. 다음엔 채소와 감자를 곁들인 소고기가 나왔습니다―질척거리는 시장에 나온 소의 엉덩잇살과 가장자리가 노랗게 말려 올라간 양배추와 월요일 아침 장바구니를 든 여자들이 물건값을 흥정하고 깎는 모습을 연상시키는, 그 세 가지의 흔한 조합이죠. 음식 양은 충분하고. 석탄 광부들은 이보다 못한 것도 감내할 것임을 알기에, 인간들의 일상의 음식에 대해 불평을 늘어놓을 아무 이유가 없었지요. 뒤이어 자두와 커스터드가 나왔습니다. 만약 누군가가 저 자두는, 심지어 커스터드로 기분이 좀 누그러졌을 때라도, 무자비한 야채(그건 과일이 아닙니다)라고, 80년간 와인도 온기도 거부해 오면서, 가난한 사람들한테 여태 한 푼도 베푼 적이 없는 수전노의 가슴처럼 심줄투성이에다가, 마치 그런 수전노의 핏줄기에 흐를 것 같은 액체가 스며 나온다고 불평을 늘어놓는다면― 설사 그런 자두라도 기꺼이 그 자선을 받아들이는 사람들이 있다는 걸 생각해야 합니다. 다음엔 비스킷과 치즈가 나왔는데, 비스킷이란 게 원래 바삭한 것이고, 이것들은 그야말로 그런 비스킷이었으므로 금방 물주전자가 후하게 빙 돌려졌습니다. 그게 전부였어요. 음식이 다 나왔습니다. 다들 의자를 드르륵 뒤로 밀었습니다. 회전문들이 거칠게 앞뒤로 열렸다 닫혔고요. 홀에서는 곧 음식이 있었던 흔적들이 모두 사라지고 분명 다음 날 아침거리일 것들이 준비돼 있었습니다. 영국의 젊은 이들이 노래를 부르며 쿵쾅쿵쾅 복도를 지나가고 계단을 올라갔습니다. 손님이자 이방인이, "저녁은 별로였어요"라고 하거나 "여기서 우리끼리만(우리, 메리 시턴과 저는 이제 그녀의 방에 있습니다) 식사를 할 순 없었나요?"라고 하는 건(트리너티나 서머빌이나 거턴이나 뉴넘이나 크라이스트 처치 대학들에서처럼 여기 펀햄에서도 제겐 별 권리가 없으니까요), 이방인한테 화려하고 당당해 보이는 외관을 갖춘 대학의 비밀스러운 재정을 염탐하고 조사해야 한다면 했을 그런 말이 아니겠어요? 그래요, 아무도 그런 식으로 말할 순 없었을 겁니다. 실은, 대화가 한동안 시들해졌습니다. 인간이란 틀은 마음과 몸과 두뇌가 모두 함께 섞여 형성되는 것인데, 앞으로 백만 년이 더 흐른대도 이것들이 분리된 칸에 담기지 않으리란 건 확실한 만큼, 훌륭한 저녁 식사는 좋은 대화를 하는 데 대단히 중요한 것입니다. 저녁 식사를 잘 하지 않으면 잘 생각할 수도, 잘 사랑할 수도, 잘 잘 수도 없습니다. 소고기와 자두로는 척추의 램프에 불이 켜지지 않습니다. 우린 모두 아마 하늘나라에 갈 것이고, 다음 모퉁이를 돌면 반다이크가 거기 있다가 우릴 만나면 좋겠군요— 즉 하루 일과 마지막의 소고기와 자두 그 사이에서 생겨나기 딱 알맞은 애매한 마음 상태인 거지요. 다행히 제 친구는 과학을 가르쳤고, 앉은뱅이 술병과 작은 잔들이 든 찬장이 있었기에(우선 서대기와 자고새로 시작했어야 했겠지만) 우린 벽난로로 다가가서, 하루를 보내며 망가진 마음을 좀 고칠 수 있었습니다. 1, 2분 후 우리는 어떤 특정한 사람의 부재 시 맘속에 형성되는 그 모든 호기심과 관심 속을 자유롭게 미끄러져 들어갔다 나왔다 하다가, 그 대상들이 다시 함께 합쳐지면 자연스럽게 화제로 삼았습니다. 누군가는 어떻게 결혼을 했고 누군가는 어떻게 안 했는지, 어떤 사람은 이걸 생각하는데 또 누군가는 저걸 생각하고, 누군가의 모든 지식은 향상됐는데, 다른 누구는 놀랍도록 나빠졌다— 이렇게 시작해서 여기서 자연스럽게 샘솟은, 우리가 사는 놀라운 세계의 특성과 인간 본성에 대한 그 모든 사색들도 함께 말입니다. 하지만 이런 것들이 얘기되는 동안 저는 부끄럽게도 이모든 걸 나름의 결론으로 향하도록 끌고 가는, 저절로 작동하는 어떤 흐름을 알아차렸습니다. 스페인, 아니면 포르투갈에 대해, 또는 책이나 말 경주에 관해 말하고 있었던 것 같은데, 무슨 말이 나왔든 간에 정말 관심이 간 건 절대 그런 것들이 아니었고, 한 5세기 전 높은 지붕에 석공들이 있는 장면이었습니다. 왕들과 귀족들이 커다란 자루에 보물을 가져와 땅밑에 쏟아부었습니다. 그 장면이 늘 제 마음속에 생생히 떠오르고 뒤이어 야윈 소들과 질퍽한 시장과 시든 채소들과 노인들의 심줄투성이 가슴이 떠오릅니다— 그 두 장면은 서로 일관성도 없고 연결도 안 되고 엉터리 같은데, 항상 같이 떠올라 서로 싸우면서 저를 완전히 압도해 버립니다. 전체 대화를 완전히 곡해시키는 게 아니라면, 최선의 방법은 제 마음속에 든 생각을 밖으로 노출시키는 것입니다. 운이 좋다면, 윈저궁에서 사람들이 관을 열자 죽은 왕의 머리가 가루가 되어 사라진 것처럼 될 수도 있겠지요. 그래서 저는 메리 시턴에게 간략히, 그 모든 세월을 교회 지붕에 있었던 석공들에 대해서, 그리고 금과 은이 든 자루를 어깨에 멘 왕과 왕비와 귀족들에 대해서, 또 그들이 땅을 파서 그걸 쏟아부은 것에 대해서 말했습니다. 그런 뒤 우리 시대에 어떻게 엄청난 금융 거물이 출현해, 짐작건대 남들이 금괴와 가공 안 한 금덩이들을 놓아두었던 그 자리에 수표와 채권을 두었는지에 관해 말했습니다. 그 모든 게 바로 저 아래 대학교들 발밑에 놓여 있어요, 라고 저는 말했지요. 하지만 우리가 지금 앉아 있는 이 대학, 이 당당한 붉은 벽돌과 손보지 않은 저 야생 정원 풀밭 아래엔 무엇이 깔려 있을까요? 우리가 저녁 식사를 했을 때 나온, 그 평범한 접시들과(멈출 새도 없이 제 입에서 이제 이런 말들이 튀어나왔습니다) 그 소고기와, 그 커스터드와 자두에는 어떤 힘이 숨어 있었던 걸까요?

글쎄요, 메리 시턴이 말했습니다. 1860년쯤— 오, 하지만 당신도 그 얘길 알잖아요, 제 짐작으론 상세히 설명하는 걸 지루해하면서 그녀가 말했습니다. 그러면서 이렇게 말했습니다— 방을 빌렸죠. 위원회가 열렸어요. 봉투들이 발송됐고요. 안내장이 만들어졌지요. 모임이 열렸어요. 편지들이 낭독됐죠. 아무개 씨가 많은 돈을 낸다고 약속했어요. 반면, 누구누구 씨는 한 푼도 내지 않겠대요. 〈새터데이 리뷰〉는 아주 무례했어요. 사무실에 들어가는 돈을 우리가 어떻게 마련할 수 있을까요? 바자회를 열어야 할까요? 첫 번째 줄에 앉힐 예쁜 소녀를 찾을 순 없을까요? 이런 문제에 관해 존 스튜어트 밀이 뭐라 했는지 찾아봅시다. 모 신문사 편집장을 설득해 문서를 실어 달라 할 사람 누구 없나요? 모某 여사한테 서명하게 할 순 없을까요? 여사가 마을에 없대요. 짐작건대, 60년 전에는 이런 식으로 했던 거고, 막대한 수고와 또 엄청난 시간을 쏟아부었죠. 3만 파운드를 한데 모으는 데는 아주 힘든 오랜 노력과, 말할 수 없는 어려움이 따랐어요. 그래서 물론 우린, 와인과, 꿩 요리랑, 머리에 식기를 이고 나르는 하인들이 없는 거죠. 그녀가 말했습니다. 우리한텐 소파도, 개별적인 방들도 없답니다. "쾌적한 것들은" 그녀는 어떤 책에서 나온 듯한 말을 인용했습니다. "아직 차례가 안 됐어요."

그 모든 여자들이 해마다 일하면서 1년에 2천 파운드를 모으기 어렵다는 걸 깨닫고, 3만 파운드를 얻기 위해 할 수 있는 건 다 했다는 걸 생각하며, 우린 우리 성性의 그 괘씸한 빈곤에 조소를 터뜨렸습니다. 우리 어머니들은 그때 무엇을 하고 있었길래 우리한테 아무 재산도 남기지 않은 걸까요? 콧잔등에 분을 바르느라? 상점 유리창 안을 들여다보느라? 몬테카를로의 햇빛 속에서 으스대느라? 벽난로 선반에 몇 장의 사진들이 있었습니다. 메리의 어머니는—만약 그녀의 사진이 맞다면— 여가 시간을 빈둥거리며 보냈을지도 모릅니다만(그녀는 교회 목사와 결혼해 열세 명의 아이들을 낳았습니다), 그렇다 해도 쾌활하고 방탕했던 삶은 그녀의 얼굴에 기쁨의 흔적들을 거의 남겨 놓지 않았습니다. 그녀는 집에 있던 사람이었지요. 커다란 장신구로 고정한 평범한 숄을 두르고 있는 노부인이었습니다. 그리고 팔걸이의자에 앉아서 유쾌한 얼굴로 스패니얼 개가 카메라를 쳐다보도록 하려 하지만, 그럼에도 셔터를 누르면 개가 즉시 움직이리란 걸 확신하고 긴장한 표정이 역력합니다. 자, 그녀가 만약 실업계에 발을 들여놓았더라면, 인조 비단 제조업자가 되었거나 증권거래소의 큰손이 되었더라면, 만약 그녀가 편햄에 2, 30만 파운드를 남겨 놓았더라면, 오늘 밤 우리는 느긋하게 앉아서 고고학이나 식물학이나 인류학이나 물리학이나 원자의 성질이나 수학이나 천문학이나 상대성 원리나 지리학을 주제로 대화를 나눌 수 있었을지도 모르지요. 메리 시턴과 그녀의 어머니와 그 어머니의 어머니들이, 자신들과 같은 성<sup>性</sup>이 사용하라는 용도로 연구비와 강좌 기금과 상금들과 장학금들을 마련하기 위해, 그들의 아버지들과 아버지 이전의 할아버지들처럼 돈을 버는 위대한 기술만 배웠더라면, 우리는 여기서 따로 새와 와인 한 병을 시작으로 꽤 그럴듯한 만찬을 가졌을지도 모르지요. 우린 영구적으로 후한 기금을 받는 전문직이란 보금자리에서, 지나친 자만감 없이 즐겁고 영예롭게 평생을 보내는 걸 기대할 수 있었을지도 모릅니다. 탐험을 하거나 글을 쓰고 있었을지도 모르지요. 생각에 잠겨 지구상의 유서 깊은 곳들을 어슬렁거렸을 수도 있고요. 사색에 잠겨 파르테논 신전 계단에 앉아 있거나, 또는 10시에 사무실에 갔다가 4시 반에 편안히 집에 돌아와 시를 좀 썼을지도 모릅니다. 다만, 시턴 여사가 또 그녀와 같은 이들이 열다섯 살의 나이로 실업계에 발을 들여놓았더라면—이 주장에서 이것이 뜻하지 않은 장애였습니다— 메리는 절대 존재하지 않았을 거란 거지요. 전 메리에게 물어봤습니다. 이에 대해 어떻게 생각하나요? 노랗게 물들어 가는 나무에 걸린 한두 개 별과 함께 10월의 밤이 고요하고 사랑스럽게 커튼 자락 사이에 깃들었습니다. 펜 한번 휘갈겨서 펀햄이 5만 파운드 남짓을 기증받을 수 있게 하려고 그녀는 자기 몸과, 또 스코틀랜드에서 했던 놀이들에 대한 기억, 또 그녀가 절대 지치는 법 없이 칭찬하는, 논쟁의 원인이 되기도 했던 상쾌한 공기와 맛있는 케이크에 관한 그녀 자신의 추억들(그들은 대가족이긴 했어도 행복한 가족이었지요)을 포기할 준비가 됐을까요? 왜냐하면, 대학에 기부하려면 불가피하게 가족 총 출현을 억제해야 했을 테니까요. 돈을 벌면서 열세 명의 아이들을 낳는 것은—어떤 인간도 그걸 견딜 수는 없었겠지요. 우린 이런 사실들을 생각해 보자고 말했습니다. 우선 아기들이 태어나기 전의 아홉 달이 있습니다. 그다음 아기가 태어나지요. 아기를 먹이는 덴 서너 달이 걸립니다. 아기를 먹이고 나면 분명 5년은 아기와 노는 데 써야 합니다. 아이들만 거리에서 뛰어다니게 내버려 둘 순 없을 것 같으니 말입니다. 러시아에서 아이들이 거칠게 뛰어다니는 걸 본 사람들은, 그게 쾌적한 광경이 아니었다고 말합니다. 또 사람들은 인간의 성격이 한 살에서 다섯 살 사이에 틀을 갖춘다고 말합니다. 제가 말했지요. 만약 시턴 여사가 돈을 벌었더라면, 당신은 놀이들과 논쟁들에 관해 어떤 종류의 추억들을 갖게 되었을까요? 당신은 스코틀랜드에 관해, 상큼한 공기와 케이크들과 또 그 밖의 모든 것들에 관해 무엇을 알게 됐을까요? 하지만 이런 질문들을 하는 건 소용없지요. 당신은 절대 존재하지 않게 됐을 테니까요. 게다가 메리 시턴과 그녀의 어머니와 그 이전의 어머니가 막대한 부를 축적해 그걸 대학과 도서관의 초석 밑에 두었으면 어땠을까 묻는 것 역시 똑같이 소용없습니다. 왜냐하면 우선 그들이 돈을 번다는 게 불가능했고, 둘째, 그게 가능했대도 그들이 번 돈을 그들이 소유할 권리를 법이 부인했기 때문입니다. 시턴 여사가 자기 앞으로 1페니라도 갖게 된 지 겨우 48년밖에 되지 않았습니다. 그 이전 수세기 동안 그건 죽 남편의 재산이었습니다. 어쩌면, 시턴 여사와 그녀의 어머니들을 증권거래소에서 멀어지게 한 덴 이런 생각이 한몫했을지도 모르지요. 그들은 이렇게 말했을 수도 있습니다─남편이 내가 버는 1페니 하나까지 모조리 가져가 지혜롭게 판단해서 처분하겠지. 아마 발리올*이나 킹스**에 장학회를 설립하거나 장학금으로 기부할지도 모르는데, 설사 내가 돈을 벌 수 있대도 그게 뭐 아주 대단히 흥미로운 일은 아니군. 남편이 알아서 하도록 하는 게 낫겠어.

어쨌든 저 스패니얼 개를 바라보고 있는 노부인을 탓하든

---

* 발리올대학(Balliol College). 영국 옥스퍼드대학교의 가장 오래된 대학들 중 하나로 1263년 부유한 지주 발리올(John I de Balliol)에 의해 설립되었다.
** 킹스대학(King's College). 1441년 헨리 6세가 설립하였으며, 왕이 세운 대학이라고 해서 킹스 칼리지라는 이름이 붙여진 단과대학이다. 현재 영국 케임브리지에 세워진 대학들 가운데 가장 오랜 역사를 가지고 있다.

말든, 우리의 어머니들이 이러저러한 이유로 자기 문제를 아주 중대하게 잘못 처리해 온 것은 분명합니다. 1페니도 '쾌적함'을 위해 쓰일 순 없었지요. 자고새와 와인, 대학 관리인들과 잔디밭, 책들과 시가, 도서관과 여가 같은 것 말입니다. 기껏 그들이 할 수 있었던 건 헐벗은 땅에 헐벗은 벽을 세우는 것이었습니다.

그렇게 우리는 창가에 서서 우리 밑의 저 수많은 이들이 매일 밤 바라볼, 이 유명한 도시의 둥근 지붕들과 고층 빌딩들을 내려다보며 이야기를 나누었습니다. 바깥은 가을 달빛을 받아 몹시 아름답고 신비스러웠습니다. 낡은 돌은 아주 하얗고 고색창연해 보였습니다. 저 밑에 모여 있는 모든 책들이, 명사들의 패널이 걸린 방들이, 도로에 기이한 구체球體와 초승달 모양을 떨어뜨리는 도색된 창들이, 명판銘板들과 기념비들과 비문들이, 분수와 잔디밭이, 고요한 구내 뜰을 가로질러 보이는 고요한 방들이 생각났습니다. 그리고 저는 또한(이런 생각이 든 걸 양해해 주시길), 훌륭한 담배와 술과 푹신한 팔걸이의자와 쾌적한 카펫 생각도 했고, 사치와 사생활과 공간의 자식인 세련됨과 쾌적함과 품격에 대해서도 생각했습니다. 확실히 우리 어머니들은 이 모든 것들에 필적할 어떤 것도 우리한테 제공하지 않았습니다—3만 파운드를 한데 그러모으기 어렵다는 걸 알게 됐던 우리 어머니들, 세인트앤드루스의 목사한테 열세 명의 아이를 낳아 준 우리 어머니들은요.

그렇게 저는 제 숙소로 돌아갔고, 어두운 거리들을 지나면서 하루 일과의 끝에서 흔히 그러하듯 골똘히 이러저러한 것을 생각했습니다. 저는 시턴 여사가 왜 우리한테 한 푼도 남기지 않았는지, 가난이 마음에 어떤 영향을 미치는지, 그리고 부富는 어떻게 마음에 영향을 미치는지 곰곰이 생각했습니다. 그리고 그날 아침 보았던, 어깨에 장식술을 단 기묘한 노신사들을 생각했습니다. 그래서 만약 휘파람을 불면 그런 신사들 중 하나가 달려왔다는 것도 떠올랐습니다. 교회에서 오르간이 웡웡거리던 것과 도서관 문이 닫히던 것도 생각났습니다. 그리고 잠긴 문 밖에 갇히는 게 얼마나 불쾌한 것인지를 생각했습니다. 또 한쪽 성性의 안전과 번영과 또 다른 성性의 가난과 불안정함에 대해서, 한 작가의 마음에 전통이 미치는 영향과 전통의 결핍이 미치는 영향에 대해서 생각했습니다. 저는 마침내 저러한 논쟁들과 저러한 기억들, 분노와 웃음으로 표피가 쭈글쭈글해진 하루를 돌돌 말아서, 산울타리 속으로 던져 버릴 시간이 됐다고 생각했습니다. 광막하고 푸르른 하늘 벌판에 수천 개의 별들이 빛나고 있었습니다. 불가해한 사회에 마치 홀로인 듯싶었습니다. 모든 인간들은 누워 잠들었습니다. 엎드려서, 똑바로 누워서, 끽소리 없이. 옥스브리지 거리에는 누구 하나 꿈쩍하지 않는 듯했습니다. 호텔 문조차 보이지 않는 손으로 휙 열렸습니다. 너무 늦은 시간이라, 침실까지 불빛을 비춰 주려고 저를 기다리고 있는 사람은 아무도 없었습니다.

# 2

여러분에게 저를 따라오라고 부탁 드려도 된다면, 장면은 이제 바뀌었습니다. 나뭇잎들이 아직도 떨어지고 있지만, 지금은 런던입니다. 옥스브리지가 아니라요. 여러분에게 방 하나를, 다른 수많은 방들처럼 창으로 사람들이 쓴 모자들과 트럭들과 자동차들과 건너편 다른 창들까지 보이는, 그리고 방 안의 탁자에는, 큰 글씨로 **여성과 픽션** 말고는 아무것도 적혀 있지 않은 백지 한 장이 놓여 있는 방을 상상하라고 부탁 드려야겠군요. 옥스브리지에서의 오찬과 만찬에 이은 필연적인 후속편은, 불행히도, 대영박물관을 방문하는 것입니다. 그 모든 인상들 가운데서 개인적이고 우연적이었던 것을 걸러내서 순수한 액체, 진실의 정유精油에 도달해야겠지요. 옥스브리지를 방문해 가졌던 오찬과 만찬은 벌떼같이 쏟아지는 질문들로 시작됐습니다. 왜 남자들은 와인을 마시고 여자들은 물을 마시는가? 왜 한쪽 성은 그토록 번창하는데 다른 쪽 성은 그리 가난한가? 가난은 픽션에 어떤 영향을 끼치나? 예술 작품 창조에 필수적인 조건들은 어떤 것인가?—천 가지 질문들이 한꺼번에 제기됐습니다. 하지만 필요했던 건 답이지 질문들이 아니었습니다. 그 답은 설전舌戰과 육체의 혼란을 초월하여 자신들이 추론한 것과 조사한 것의 결과를 책으로 출간했던 편견 없는 지식인들과 상의해야만 얻게 되는 것이었고, 그 책들은 대영박물관에서 찾게 될 것입니다. 만약 진실이 대영박물관 책꽂이에서 발견되지 않는다면, 저는 노트와 연필을 집어 들며 스스로에게 물었습니다. 어디에 진실이 있을까?

그런 준비를 갖추고 자신감과 탐구심을 느끼며, 저는 진실 추구에 나섰습니다. 그날은 비록 실제로 비가 오지는 않았지만 음산했고, 박물관에 인접한 거리들마다 사람들이 석탄 저장고를 열어 부대에 석탄을 퍼붓고 있었습니다. 사륜마차들이 도로에 멈춰 끈으로 묶은 상자를 내리고 있었습니다. 그 안엔 아마 운을 쫓거나 망명을 바라는, 혹은 겨울에 블룸즈버리*의 하숙집들에서 발견되는 어떤 탐나는 물건들을 얻으려고 스위스나 이탈리아에서 건너온 가족들의 옷가지 전부가 들어 있겠지요. 평소처럼 목이 쉰 남자들이 손수레에 농작물을 싣고 거리를 활보했습니다. 어떤 이들은 소리를 질렀고, 또 어떤 이들은 노래를 불렀습니다. 런던은 작업장 같았습니다. 런던은 기계 같았습니다. 우리 모두 이 밋밋한 바탕에 어떤

---

* 영국 런던의 대학들이 있는 지구로, 당대 버지니아 울프와 부유한 지식인들이 모여 블룸즈버리 그룹을 형성한 곳이기도 하다.

패턴을 만들기 위해 앞뒤로 오가며 짜여지고 있었습니다. 대영박물관은 공장의 또 다른 부서였습니다. 회전문들이 빙그르 돌아가며 열렸고, 그리고 여기 거대한 둥근 천장 아래 서 있으니 마치, 유명한 사람들의 이름을 아주 화려하게 띠처럼 두른 거대한 대머리의 이마 속에 든 하나의 생각이 된 것 같았습니다. 카운터로 가서 대출카드 한 장을 가져와, 도서 목록을 펼쳤는데····· 여기 다섯 개의 점들은 어이없고, 놀랍고, 당혹스러웠던 각각의 1분을 가리키는 것입니다. 여러분은 1년이란 기간 동안 여성에 관해 얼마나 많은 책들이 쓰였는지 생각해 본 적이 있나요? 얼마나 많은 책들이 남자들에 의해 쓰였는지 생각해 본 적이 있나요? 그리고 여러분이, 어쩌면 우주에서 가장 많이 토론되는 동물이란 것도 알고 있었나요? 노트와 연필을 가지고 오면서, 여기서 책을 읽으며 아침나절을 보내자고, 아침이 끝날 무렵엔 진실이 제 노트로 옮겨져 있을 거라고 생각했었습니다. 하지만 이 모든 걸 끝내려면 필히, 가장 오래 살고 무수히 많은 눈을 가졌다는 평판을 듣는 코끼리떼나 거미떼가 되어야겠다는 절망적인 생각이 들었습니다. 심지어 껍데기를 꿰뚫으려면 강철 발톱들과 청동 부리도 반드시 필요하겠고 말이죠. 이 모든 거대한 종이 뭉치 속에서 어떻게 안에 새겨진 진실의 알갱이들을 찾을 수 있을까? 절망에 빠져 스스로에게 이렇게 물으면서, 기다란 책 목록을 위아래로 훑어보기 시작했습니다. 심지어 책들의 제목조차 생각할 거리를 주었습니다. 성性과 성의 본질이 의사들과 생물학자들한테 매력적인 건 당연하겠지만, 놀랍고도 설명하기 어려웠던 건 성이—말하자면 여성이— 맛깔스럽게 쓰는 에세이스트들, 솜씨 좋은 소설가들, 예술 석사 학위가 있는 젊은 남성들, 아무 학위도 없는 남자들, 여성이 아니란 것만 빼면 아무 명백한 자질도 없는 남자들한테까지 매력적인 소재란 사실이었습니다. 이 책들 중 몇 권은 얼핏 봤을 때 경박하고 가벼워 보였습니다. 반면에 진지하고 예언적이고 도덕적이고 격려하는 내용의 책들도 많았습니다. 단순히 제목을 읽는 것만으로도, 연단과 설교단에 올라가 한 가지 주제에 할당된 시간을 한참 초과해서 장광설을 늘어놓는 그 무수한 학교 교장들과 성직자들의 연설이 떠오릅니다. 정말 이상한 현상이었던 건 이게 명백하게—여기서 저는 글자 M을 살펴보았는데— 남성한테만 국한된다는 것이었지요. 여성들은 남성들에 관한 책을 쓰지 않습니다— 안도감을 느끼며 환영하지 않을 수 없는 사실입니다. 제가 먼저 남성들이 여성들에 관해 쓴 것을 다 읽고 나서, 그다음 여성들이 쓴 남성들에 관한 책을 다 읽어야 한다면, 백년에 한 번 꽃을 피우는 알로에는 제가 글을 시작할 수 있기도 전 두 번이나 꽃을 피울 것입니다. 그리하여 저는 완벽하게 임의로 열두 권 남짓의 책을 선정해서 제가 쓴 대출카드 종이를 철제 선반에 올려놓은 다음, 제자리에 앉아서 진실의 정유를 추구하는 다른 사람들 사이에서 기다렸습니다.

　영국의 납세자들이 다른 여러 목적을 위해 낸 돈으로 마련한 대출카드에 수레바퀴를 그리면서 저는, 그 이상한 불균형의 원인이 무엇일지 궁금해졌습니다. 이 책 목록들로 판단컨대, 왜 여성들은, 남성들이 여성들한테 그런 것보다 훨씬 더 남성들의 흥미를 유발할까요? 그건 아주 신기한 사실로 느껴졌고, 저는 여성들에 관한 책을 쓰며 시간을 보내는 남자들의 삶을 그려 보느라 마음이 산만해졌습니다. 그들이 젊었건 늙었건, 미혼이든 기혼이든, 딸기코든 곱사등이든 간에, 그 관심이 전적으로 불구자나 병자들로부터 쏟아진 건 아닐진대, 어쨌든 그런 관심의 대상이라 느끼니 막연히 우쭐하는 기분이 들었습니다— 그래서 제 책상 앞으로 책 더미가 쏟아져 미끄러질 때까지 그런 시시한 생각에 빠져 있었습니다. 이제 곧 혹스러움이 시작됐습니다. 옥스브리지에서 연구하는 방법을 훈련받은 학생은 자기 질문의 답을 찾을 때까지, 양을 우리로 몰아넣듯 확실하게 모든 산만함을 지나쳐 질문을 몰아가는 방법 같은 걸 알고 있습니다. 예를 들면, 제 옆의 학생은 아주 성실히 과학 책자를 베껴 쓰면서, 제 확실한 느낌으론 거의 10분 남짓마다 자연 광석에서 순금을 캐내고 있었습니다. 그의 만족스러운 작은 콩콩거림이 아주 많은 것을 나타내고 있었지요. 하지만 만약 불행히도 대학에서 아무 훈련을 받지 못했으면, 그 질문은 우리로 몰아넣어지기보단, 일련의 사냥개 집단에 쫓겨 겁을 집어먹은 새떼처럼 이리저리로 혼란스럽게 날아갔을 것입니다. 교수들, 교장들, 사회학자들, 성직자들, 소설가들, 에세이스트들, 언론인들, 그리고 자신들이 여자가 아니라는 것만 빼면 아무 자질도 갖추지 않은 남자들이, 왜 여자들은 가난한가? 라는 저의 단 한 가지 단순한 질문을 추적해서 그건 50개의 질문이 되었고, 그 50개의 질문들은 미친 듯이 물살 한가운데로 솟구쳤다가 휩쓸려 가버렸습니다. 제 노트의 모든 페이지는 이런 메모들로 낙서가 돼 있습니다. 페이지 맨 위엔 정자체로 아주 간단히 **여성과 빈곤**이란 제목이 붙어 있지만, 제가 처해 있던 마음의 상태를 보여 드리기 위해서, 그 뒤로 이어진 건 이런 것들이라는 걸 설명드리며, 그 중 몇 개를 여러분께 읽어 드리겠습니다.

…의 중세 때의 상황

…에 대한 피지 섬에서의 관습

…에 의해 여신으로 숭배되는

…보다 도덕심이 약한

…의 이상화

…더 양심적인

남태평양 섬주민들 중에서 …의 사춘기 연령

…의 매력,

…에게 희생양으로 제공

…의 작은 뇌

…의 더 깊은 잠재의식

…몸에 난 털이 더 적은

…의 정신과 도덕과 육체의 열등함

…의 아이들에 대한 사랑

…의 더 긴 수명

…의 더 약한 근육

…의 애정의 힘

…의 허영심

…의 고등교육

…에 대한 셰익스피어의 견해

…에 대한 버컨헤드 경\*의 견해

…에 대한 주임사제 잉\*\*의 견해,

…에 대한 라 브뤼예르\*\*\*의 견해,

…에 대한 존슨 박사\*\*\*\*의 견해,

…에 대한 오스카 브라우닝\*\*\*\*\*씨의 견해…….

여기서 저는 숨을 들이마셨고, 여백에 실제로 이렇게 적어

---

\* 프레드릭 버컨헤드(Frederick Edwin Smith, 1st earl of Birkenhead, 1872~1930). 대법관 재직 중 중요한 법률 개혁을 발기했으며, 1921년 영국-아일랜드 조약 협상을 도왔다.

\*\* 윌리엄 랄프 잉(William Ralph Inge, 1860~1954). 영국의 사제, 그리스도교 플라톤주의자, 런던 세인트폴 대성당 수석 사제. 예리한 지성과 염세주의적인 견해로 유명하다.

\*\*\* Jean de La Bruyère(1645~1696). 프랑스 문학의 걸작 중 하나로 꼽히는 『그리스어에서 옮긴 테오프라스토스의 성격론과 금세기의 성격 및 풍속론』(1688)의 저자이다.

\*\*\*\* 새뮤얼 존슨(Samuel Johnson, 1709~1784). 1759년 유일한 소설 작품인 『라셀라스』를 집필하고, 1781년에는 『영국 시인전』을 펴냈다. 런던의 대표적인 문인 사교 모임을 이끌어 당대 지성계의 중심이 된 그는 '셰익스피어 이후 영국 문학에서 가장 많이 인용되는 인물'로도 유명하다.

\*\*\*\*\* 오스카 브라우닝(Oscar Browning, 1837~1923). 영국의 교육자이자 역사학자로 빅토리아와 에드워드시대 케임브리지에서 크게 이름을 날렸다.

넣었지요. 왜 새뮤얼 버틀러*는 "현명한 남자들은 여성에 대한 자기 생각을 절대 말하지 않는다." 했을까? 현명한 남자들은 다른 어떤 것에 대해서도 결코 분명히 말하지 않습니다. 하지만 단일한 한 생각이었다가 이제는 다소 고민에 찬 생각이 된 곳에서 의자에 등을 기댄 채 거대한 둥근 천장을 바라보며 저는 계속했습니다. 정말 불행한 것은 현명한 남자들이 여자들에 관해 절대 똑같이 생각하지 않는다는 것입니다. 포프**는 이렇게 말합니다.

대부분의 여자들한텐 전혀 개성이 없다.

그리고 이건 라 브뤼예르입니다.

여자들은 극단적이다. 남자보다 낫거나 못하거나, 둘 중 하나다.

동시대를 살았던 날카로운 관찰자들에 의한 직접적인 반박. 여자들은 교육을 받을 능력이 되는가, 안 되는가. 나폴레옹은 그럴 능력이 안 된다고 생각했지요. 존슨 박사는 그 반

---

* Samuel Butler(1835~1902). 영국의 소설가·사상가. 1872년에 『에레혼(Erewhon)』이라는 유토피아 이야기를 써서 근대사회를 풍자하였다.
** 알렉산더 포프(Alexander Pope, 1688~1744). 영국의 시인 중 가장 많이 인용되는 작가. 프랑스, 이탈리아를 비롯하여 유럽 전역에 걸쳐 커다란 명성을 얻었다.

대라 생각했고요. 그들은 영혼이 있는가, 영혼이 없는가, 어떤 야만인들은, 여자들에게 영혼이란 건 하나도 없다고 말합니다. 다른 이들은 이와 반대로, 여성들을 이루는 반은 신성하고 그 때문에 여성을 숭배한다고 주장합니다. 어떤 현인들께선 여자들의 뇌가 더 얄팍하다고 주장하고, 또 어떤 분들은 여성의 의식이 더 깊다고 합니다. 괴테는 여성들을 찬미합니다. 무솔리니는 여성들을 경멸합니다. 여성들에 관해 생각하는 남자들을 볼 때마다 다르게 생각하는 게 보였습니다. 제 노트엔 서로 서로 모순되는 메모들이 미친 듯이 갈겨써져 있는 반면, 제 옆자리의 독서하는 사람은 머리글을 A나 B나 C로 시작하면서 아주 산뜻하게 요약본을 작성하고 있었습니다. 그를 부러운 맘으로 힐끗 쳐다보면서 저는 뭐가 뭔지 판단을 내리기란 도통 불가능하다고 결론을 내렸습니다. 비참하고 당황스럽고 부끄러웠습니다. 진실이 제 손가락 사이로 빠져나갔습니다. 한 방울도 남김없이 다 달아나 버렸지요.

저는 생각에 잠겼습니다. 집에 돌아가서 여성과 픽션 연구에 대한 중대한 이바지라면서, 여자가 남자보다 몸에 털이 적다거나, 남태평양 원주민들 사이에서 사춘기 시절은 아홉 살—아님 아흔 살이었나요? 글씨까지 알아보기 힘들 정도로 산만하군요—이라는 걸 보탤 수는 없을 것 같았습니다. 오전 내내 매달렸는데, 보여 줄 수 있을 만한 좀 비중 있고 훌륭한 것이 하나도 없는 게 부끄러웠습니다. 그리고 만약 제가 과거의 W(간결성을 위해 여자를 이렇게 지칭했습니다)에 대한 진실을 파악할 수 없다면, 뭐 하러 귀찮게 미래의 W에 대해 고민하는 건가요? 여성, 그리고 정치, 어린이들, 임금, 도덕, 뭐든 간에 여성이 미치는 영향력에 대해 전문적으로 연구한, 그 무수히 많은 박식한 신사분들의 말을 모조리 경청하는 건 순전히 시간 낭비처럼 보였습니다. 그분들이 쓴 책은 열어 보지 않고 그냥 두는 게 차라리 낫겠습니다.

하지만 이런 생각에 잠겨 있는 동안 맥이 풀리고 또 절망적인 심정이 되어 무의식적으로 저는, 제 옆자리 사람처럼 결론을 써 내려가고 있어야 할 마당에 그림 하나를 그리고 있었습니다. 저는 한 얼굴을, 한 인물을 그리고 있었지요. 그건 '여성의 정신적, 도덕적, 신체적 열등함'이란 제목의 자신의 기념비적 작품을 쓰느라 분주한 폰 X 교수의 얼굴과 모습이었습니다. 제 그림에서 그는 여자들한테 매력적인 남자가 아니었습니다. 그는 몸집이 육중했습니다. 아래턱은 아주 두꺼웠지요. 몹시 작은 눈과 균형을 맞춰서 말입니다. 얼굴빛은 아주 붉었습니다. 글을 쓰는 그의 표정은 그가 마치 어떤 유해한 곤충들을 죽이고 있는 것처럼 종이에 펜을 꾹꾹 찍어 누르게 만드는 어떤 감정에 짓눌려 힘겹게 작업하고 있다는 걸 보여 줍니다. 하지만 그는 심지어 그걸 죽이고서도 만족스럽지가 않습니다. 그는 계속해서 그걸 죽여야 하고, 그렇다 해도 분노와 짜증을 일으키는 어떤 원인은 그대로 남아 있습니다. 제 그림을 바라보며, 그의 아내 때문일까? 하고 저는 물어보았죠. 그녀가 기병대 장교와 사랑에 빠졌던 것일까? 그 기병대 장교는

늘씬하고 우아하고, 아스트라한 지방산 모피를 입었을까? 프로이트 이론을 빌려오자면, 그가 요람에 있었을 때 어떤 예쁜 소녀가 그를 비웃은 적이 있었던 건 아닐까? 요람에서조차 그 교수가 매력적인 아이였을 리 없었을 거란 생각이 들었으니까요. 이유야 뭐든 '여성의 정신적, 도덕적, 신체적 열등함'이라는 위대한 책을 쓰고 있는 그 교수는 제 스케치에서 매우 화가 나 있고 추해 보이게 그려졌습니다. 그림을 그리는 건 무익한 오전 작업을 마무리하는 게으른 방식이었지요. 그래요, 그럼에도, 깊숙이 잠겨 있던 진실이 가끔 수면 위로 올라오는 건, 우리가 게으를 때, 꿈을 꾸고 있을 때입니다. 제 노트를 보고 있자니, 정신분석학이란 이름으로 고상 떨지 않고서도 아주 기본적인 심리학 지식이 그 화난 교수의 스케치가 분노 속에서 만들어졌다는 걸 제게 보여 주었습니다. 제가 공상에 잠겨 있던 동안 분노가 제 연필을 낚아챘던 것입니다. 하지만 분노는 거기서 무얼 하고 있었던 걸까요? 흥미, 혼란, 즐거움, 지루함— 아침나절 이 모든 감정들이 각각 연이어 지나갈 때 저는 그것들을 추적해 이름 붙일 수 있었습니다. 분노, 그 검은 뱀이 그것들 사이에 잠복해 있었던 걸까요? 맞아, 스케치가 말했습니다. 분노가 숨어 있었어. 스케치는 그 한 권의 책이, 그 한 구절이 악마를 불러일으켰다는 걸 제게 명백히 알려 주었습니다. 그건 바로 여자의 정신적, 도덕적, 육체적 열등함에 관한 그 교수의 진술이었습니다. 제 가슴이 거세게 뛰었습니다. 뺨이 타오르는 듯했습니다. 저는 분노로 벌겋

게 달아올랐습니다. 어리석긴 하지만 딱히 놀랄 만한 건 여기에 아무것도 없었습니다. 기성품 타이를 매고 면도를 2주째 안 하고 거친 숨을 내쉬는 어떤 하찮은 남자보다—저는 옆에 있는 학생을 쳐다봤지요— 선천적으로 열등하다는 말을 듣고 싶진 않습니다. 우리한텐 어떤 어리석은 허영심이 있습니다. 그건 단지 인간의 본성이겠지요. 저는 생각에 잠겨서, 그 화나 있는 교수의 얼굴에 수레바퀴와 원들을 그리기 시작했고 그의 얼굴은 마침내 불타는 덤불 혹은 불꽃 혜성처럼 보이게 됐습니다— 어쨌든 인간적 외관과 의미성을 띠지 않는 환영 말입니다. 그 교수는 이제 햄프스티드 히스* 꼭대기에서 활활 타고 있는 장작더미일 뿐 그 어떤 것도 아니었습니다. 저의 분노는 즉시 설명되었고 그걸로 끝이 났지만, 호기심은 남아 있었습니다. 그 교수의 분노는 어떻게 설명할까요? 그들은 왜 화가 났을까요? 이 책들이 남긴 인상을 분석하면 거기엔 늘 어떤 열기가 있었기 때문입니다. 그 열기는 여러 형태를 취했습니다. 그건 풍자로, 감상으로, 호기심으로, 질책으로 자신을 드러냈습니다. 하지만, 종종 출현했지만 즉각적으로 뭔지 확인할 수 없었던 또 다른 요소가 있었습니다. 저는 그걸, 분노, 라 불렀지요. 하지만 그건 지하로 내려가서 다른 모든 감정들과 뒤섞인 분노였습니다. 그 기이한 목적으로 판단컨대, 그건 단순하고 공공연한 분노가 아니라, 위장한, 복잡한 분노였습

---

* Hampstead Heath. 영국 런던 햄프스티드에 위치한 공원.

니다.

    저는 책상에 쌓인 책더미를 훑어보며, 이유가 뭐든 이 모든 책들은 제 목적엔 쓸모없다는 생각이 들었습니다. 말하자면 그것들은, 과학적으로 쓸모가 없었습니다. 비록 인간적으로는 충분히 교육적이고 흥미롭고 지루하고, 또 피지 원주민들의 관습에 관한 아주 기이한 사실들을 가득 담고 있다 해도 말입니다. 그것들은 진실의 하얀 빛 속에서 쓰인 것이 아니라, 감정의 적신호에서 쓰였던 것입니다. 그러므로 그것들을 중앙 데스크에 반납해 거대한 벌집 속 각자의 구멍으로 되돌려 보내야 합니다. 그날 오전 작업에서 제가 건져올 수 있었던 유일한 것은 분노라는 한 가지 사실이었습니다. 그 교수들은 화가 나 있었습니다.―그래서 저는 그들을 함께 뭉뚱그렸습니다.―책들을 반납하면서 저는 스스로한테, 하지만 왜, 하고 물어보았고 주랑柱廊 아래, 비둘기들과 선사시대 카누들 사이에 서서 다시 물었습니다. 왜 그들은 화가 났을까? 그리고 그 질문을 제 스스로한테 던지며 천천히 점심 먹을 곳을 찾아 걷기 시작했습니다. 저는 물었습니다. 내가 그들이 분노한다고 불렀던 그 순간의 진정한 실체는 무엇일까? 대영박물관 근처 어느 한 작은 식당에서 주문한 음식이 나올 때까지 줄곧 지속된 수수께끼가 이것이었습니다. 앞서 점심을 먹은 누군가가 의자에 석간신문 초판을 남겨 놓았습니다. 그래서 음식을 기다리면서 저는 빈둥빈둥 머리기사들을 읽기 시작했습니다. 아주 큰 활자체의 잉크가 지면을 가로질렀습니다. 누군가가 남아프리카에서 큰 범죄를 저질렀군요. 더 작은 크기의 잉크가 오스틴 체임벌린 경이 제네바에 있다고 알렸습니다. 사람 머리카락이 붙은 고기 자르는 식칼이 저장실에서 발견됐다고 합니다. 재판관 모 씨가 이혼 법정에서 여성들의 파렴치함에 관해 언급했습니다. 그 밖에 다른 조각 뉴스들이 신문에 흩뿌려져 있었습니다. 캘리포니아에서는 한 여배우를 산꼭대기에서 내리다가 여배우가 허공에 걸렸다고 합니다. 안개 낀 날씨가 될 거라는 예보가 있었군요. 이 혹성에 가장 짧게 머무르는 방문자라도 이 신문을 집어 들면, 이런 흩어진 증언들만으로도 영국이 가부장제하에 있다는 걸 모를 수 없을 거란 생각이 들었습니다. 상식적인 사람이면 누구라도 그 교수의 권위를 짐작할 수 있을 것입니다. 권력과 돈과 영향력이 그의 것이었습니다. 그는 신문의 소유주이자 편집장이고 부주필이었습니다. 그는 외무장관이었고 판사였습니다. 그는 크리켓 선수였습니다. 그는 경주마들과 여러 채의 요트를 소유했습니다. 그는 그 회사 중역이었고 주주들한테 200퍼센트의 배당금을 지불했습니다. 그는 자신이 운영하는 자선단체들과 대학들에 수백만 파운드를 남겼습니다. 그는 여배우를 공중에 매달아 놓았습니다. 그 고기 자르는 식칼에 붙어 있는 털이 인간의 것인지는 그가 결정할 것입니다. 그 살인자를 무혐의 처분할지 살인자로 기소할지 교수형에 처할지 아니면 풀어 줄지 결정할 사람도 그입니다. 안개만 빼면 그는 모든 걸 자기 맘대로 할 것 같았습니다. 그런데도 그는 화가 나 있었습니다.

저는 그가 화나 있다는 걸 알았고 이게 그 증거입니다. 그가 여자들에 관해 쓴 걸 읽었을 때 저는 그가 말하고 있는 것에 대해서가 아니라 그라는 사람에 대해 생각했습니다. 논쟁하는 사람이 감정에 좌우되지 않고 오직 논쟁만을 생각하고 논쟁을 펼치면, 독자 역시 그 논쟁을 생각할 수밖에 없습니다. 만약 그가 여성에 관해 감정에 치우치지 않고 썼더라면, 자신의 주장을 입증할 명백한 증거들을 사용하고, 그 결과가 저거보다는 이거여야 한다는 바람의 흔적을 전혀 보이지 않았더라면, 저 역시 화날 이유가 없었을 테지요. 그저 그 사실을 받아들였을 것입니다. 마치 콩알이 초록이란 걸 또는 카나리아가 노랗다는 걸 받아들이듯 말이죠. 그러라지 뭐, 저는 그리 말했어야 했습니다. 하지만 그가 화냈기 때문에 저도 화가 나 있었습니다. 석간신문을 넘기며 저는, 다소 터무니없어 보이는군, 이 모든 권력을 쥔 남자가 화를 내야 한다는 건 말이지, 하는 생각이 들었습니다. 아니면 분노는 권력과 친근한, 권력에 수반되는 어떤 기운일까요? 궁금해졌습니다. 예를 들면, 부유한 사람들은 종종 가난한 사람들이 자신들의 부를 뺏고 싶어 한다고 의심하고 그 때문에 분개합니다. 그 교수들은, 아니면 이렇게 부르는 게 더 정확할 것 같으니까, 그 가부장들은 부분적으론 그런 이유로 화를 냈을 수도 있지만, 또 부분적으로는 겉으로 명확히 잘 드러나지 않는 곳에 존재하는 이유 때문에 그랬을 수도 있습니다. 어쩌면 그들은 전혀 '분노'하지 않았던 건지도 모릅니다. 실제로, 사적인 삶에서 맺는 관계에서 그들은 종종 여성을 찬미했고 여성에게 헌신적이었으며 모범적이었습니다. 어쩌면 좀 지나치게 단호히 여성의 열등함에 대해 주장했을 때 그 교수는, 여자들의 열등함이 아니라 그 자신의 우월성을 신경 썼을 것입니다. 그가 다소 성마르게 그리고 너무 지나치게 강조하며 보호하고 있던 것이 그것인데, 왜냐하면 그에겐 몹시 대단한 값어치가 나가는 보석이었기 때문입니다. 양쪽 성性 모두에게 있어 인생은―저는 그들이 어깨를 스치며 각자 자기 목적지를 향해 인도를 걷고 있는 걸 바라보았습니다― 어렵고 고된, 끊임없는 투쟁입니다. 그건 거대한 용기와 힘을 필요로 합니다. 아마 우린 착각의 창조물들이므로, 다른 무엇보다 스스로에 대한 신뢰를 필요로 합니다. 자신감이 없으면 우리는 요람 속의 아기들과 마찬가지입니다. 그러면 어떻게 우리가 이 측정할 수 없는, 그럼에도 헤아릴 수 없이 귀중한 자질을 가장 빨리 생성할 수 있을까요? 다른 사람들이 자신보다 열등하다고 생각하는 것에 의해서입니다. 자신에게 다른 사람들을 뛰어넘는 타고난 우월함이―그건 어쩌면 부일 수도, 서열일 수도, 쭉 뻗은 콧날이나, 아니면 롬니*가 그린 할아버지의 초상화일 수도 있겠죠. 인간의 상상력이 빚어낸 그 딱한 바람은 끝이 없으니까― 있다고 느끼는 것에 의해서입니다. 고로, 엄청난 수의 사람들, 실상은 인간 종족의 절반인 사람들을 통치해야 하고, 정복해

---

* George Romney(1734~1802). 18세기 말 영국 상류사회에서 인기를 끌었던 초상화가.

야 한다고 느끼는 가부장들한테는 여자들이 천성적으로 자기보다 열등하다고 느끼는 것이 어마어마하게 중요합니다. 그건 실제로 그의 힘의 한 주요한 원천임에 틀림없습니다. 하지만 저는 관찰의 불빛을 실제 삶으로 돌려 봐야겠다는 생각이 들었습니다. 그게 일상의 여백에 우리가 적어 두는 그러한 심리학상의 수수께끼들을 해명하는 데 좀 도움이 되지 않을까요? 언젠가 아주 인간적이면서 남자들 가운데서 가장 겸손한 Z가 레베카 웨스트*가 쓴 어떤 책을 집어 들고 한 대목을 읽으면서, "그 악명 높은 페미니스트로군! 그 여자가 남자들은 속물이라는군!" 하고 탄식했을 때 제가 느꼈던 놀라움을 설명해 줄 수 있지 않을까요? 그토록 놀라웠던 건 그 탄식이 단지 상처받은 허영심의 외침이 아니었기 때문입니다— 설령 웨스트 양이 다른 성에 대해 무례하게 언급했다 해도, 어쩌면 진실일 수도 있는 걸 말했는데 왜 악명 높은 페미니스트가 된 걸까요. 그건 자신한테 있다고 믿었던 권력을 침해당한 데 대한 저항이었습니다. 여자들은 수세기 내내, 남자의 모습을 실제 크기의 두 배로 비춰 주는 달콤한 마술의 힘을 지닌 거울 역할을 수행해 왔습니다. 그 힘이 없었더라면 아마 지구는 아직도 늪지대고 정글일 것입니다. 우리가 겪은 그 모든 전쟁의 영광들도 알려지지 않았을 것입니다. 우린 아직도 양 뼈들 잔해에 사슴의 윤곽을 새기고 있을 것이고 부싯돌들을 양가죽

---

* Dame Rebecca West(1892~1983). 영국의 언론인·소설가·비평가. 1911년 언론에 입문한 그녀는 좌익계 신문·잡지에 자주 글을 발표했고 여성 참정권 운동가로 유명해졌다.

이나 뭐 우리의 순진한 취향에 맞는 간단한 장식물 같은 것들과 교환하고 있을 것입니다. 초인이나 운명을 예언하는 손가락도 절대 존재하지 않았을 것입니다. 황제도 독재자도 결코 왕관을 쓰거나, 그걸 잃게 되지 않았을 것입니다. 문명사회에서의 용도가 뭐든 간에, 거울은 모든 폭력적이고 영웅적인 행위에 필수적인 것입니다. 그것이 나폴레옹과 무솔리니 둘 다 그토록 강조해서 여성의 열등함을 주장했던 이유입니다. 만약 여자들이 열등하지 않으면 자기네 남성들을 확대시키는 걸 멈출 테니까요. 이것은 남자들한테 왜 여자가 그토록 자주 필요한 것인지를 설명하는 데 부분적으로 도움이 됩니다. 그리고 여성의 비판을 받으면 얼마나 그들이 안절부절못하게 되는지를 설명하는 데도요. 이 책은 형편없다, 이 그림은 별로다, 라고 말할 때, 똑같은 비평을 하는 남자에 비해 여자는 남자들한테 훨씬 더 많은 고통을 주고 훨씬 더 큰 분노를 불러일으킵니다. 그렇게 하지 않으면서 말하는 게 얼마나 불가능한 것인지를 설명하는 데도 이건 도움이 됩니다. 그녀가 진실을 말하기 시작하면 거울 속의 상이 쭈그러들고, 그의 삶의 적응성도 감소하기 때문입니다. 어떻게 그가 계속해서 판결을 내리고, 원주민들을 개화시키고, 법을 만들고, 책을 쓰고, 정장을 차려입고 연회에서 열변을 토하는 일을 할 수 있을까요? 만약 아침 식사와 저녁 식사에서 실제보다 최소한 두 배 크기인 자신을 볼 수 없다면 말입니다. 저는 빵을 잘게 부수고 커피를 휘젓고 이따금씩 거리의 사람들을 바라보면서 생각했습니다. 거울에 비친 모습은 활력을 충전하는 것이기 때문에 극도로 중요한 것이라고요. 그건 신경계를 자극합니다. 그걸 앗아가면 죽을지도 모릅니다. 코카인을 빼앗긴 마약 중독자처럼 말이죠. 저는 창밖을 내다보며, 보도를 걷고 있는 사람들 절반이 착각의 마법에 걸려 활기차게 일터로 향하고 있다고 생각했습니다. 그들은 아침에 그 마법의 상냥한 빛을 받으며 모자와 외투를 걸칩니다. 그들은 자신감 있고 기운차게, 자신들이 스미스 양의 티파티에 꼭 참석해 주길 바라는 존재라고 믿으며 하루를 시작합니다. 그들은 그 장소로 들어가며 스스로한테, 내가 여기 있는 사람들 절반보다 낫지, 라고 말합니다. 그들은 이렇게 해서, 공적인 삶에서 그토록 지대한 성과들을 올리고 사적인 마음의 여백에는 그토록 이상한 메모들을 남기도록 만들었던 그런 자신감, 그런 확신을 갖게 된 것입니다.

하지만 다른 쪽 성性의 심리라는 이 위험하고 매혹적인 주제에 대한 이런 기여는—바라건대, 여러분 앞으로, 1년에 500파운드를 갖게 될 때 탐구해 볼 만한 것인— 계산서를 지불할 필요성에 의해 중단됐습니다. 5실링 9펜스가 나왔군요. 제가 웨이터한테 10실링짜리 지폐를 주자 잔돈을 가져왔습니다. 제 지갑에는 또 한 장의 10실링 지폐가 있었습니다. 저는 10실링 지폐들을 자동으로 만들어 내는 제 지갑의 힘을 조심스레 지켜보았습니다— 그건 아직도 숨 막히는 놀라운 사실이기 때문입니다. 지갑을 열면 거기 지폐가 있는 거지요. 사회는 제게 닭고기와 커피, 숙소와 침대를 제공합니다. 같은 성씨를 쓴다는 것 말곤 다른 이유가 없음에도 숙모가 제게 남기신, 몇 장의 종이들에 적힌 특정 숫자와 맞바꿔서 말이죠.

이 얘길 해야겠군요. 제 숙모, 메리 비턴은 봄베이에서 바람을 쐬려고 말을 타고 나갔다가 낙마로 사망했습니다. 유산에 대한 소식은 어느 날 밤 여자들한테 투표권을 주는 법령이 통과됐다는 것과 거의 같은 시간에 제게 도착했습니다. 변호사의 편지가 제 우편함 속에 들어 있었고, 열어 보니 그녀가 제게 평생토록 매년 500파운드를 남겼다는 걸 알게 됐습니다. 투표권과 돈, 둘 중에서— 제가 소유한 돈이 더 무한히 중요하게 보였습니다. 그전까진 이곳의 당나귀 쇼, 저곳의 결혼식을 소개하며 구걸해서 신문사에서 받은 자질구레한 일들로 생계를 유지했었습니다. 저는 봉투에 주소를 적고, 노부인들한테 책을 읽어 주고, 조화를 만들고, 유치원에 다니는 조그만 아이들한테 알파벳을 가르치며 돈을 벌었었습니다. 그런 것이 1918년 이전의 여자들이 할 수 있었던 주요 직업들이었습니다. 그런 일들의 어려움에 대해 상세히 기술할 필요는 없을 것 같습니다. 여러분은 아마 그런 일을 해왔던 여자들을 알고 있을지도 모르니까요. 그렇게 번 돈으로 생활하는 것의 어려움도요. 여러분도 그런 일을 해봤을지 모르고 말입니다. 하지만 그 어떤 것보다 제게 아직 고통으로 남아 있는 건 그 시절 제 안에서 자라난 공포와 쓰라림의 독입니다. 우선, 하고 싶지 않은 일을 늘 하고 있어야 하는 것, 어쩌면 늘 해야 할 필요가 있는 건 아닌데도 그렇게 보였고, 모험을 감행하기엔 위험성이 너무 높아서, 아양 떨고 굽실거리며 노예처럼 그 일을 해야 했던 것 말이에요. 그다음엔, 감춰 두면 죽을 재능이—작지만 그걸 가지고 있는 사람한텐 소중한— 나 자신, 내 영혼과 함께 시들어가고 있고— 이 모든 것이 봄에 핀 꽃들을 먹어치우는 녹처럼 되어 그 재능의 심장에 있는 나무를 무너뜨리게 되었다는 생각입니다. 하지만, 말씀드린 것처럼 제 숙모가 세상을 떠났고, 제가 10실링 지폐를 바꿀 때마다 그러한 녹과 부식도 조금씩 벗겨 떨어지고, 공포와 쓰라림도 사라집니다. 은화들을 지갑으로 미끄러뜨리며 저는 생각했습니다. 그 시대의 쓰라림을 생각해 보면, 고정된 수입이 기질을 변화시킬 수 있다는 건 정말이지, 대단한 일이라고요. 세상의 어떤 무력도 제게서 500파운드를 뺏진 못합니다. 의식주가 영원히 제 것입니다. 그런고로 단지 수고와 노동의 종지부만 찍는 게 아니라, 증오와 쓰라림 역시 끝난 것입니다. 제겐 더 이상 증오가 필요하지 않습니다. 그는 저를 해칠 수 없습니다. 저는 어떤 남자한테도 아양 떨 필요가 없습니다. 그가 제게 줄 것은 아무것도 없습니다. 저는 인간 종족의 다른 쪽 반을 향해, 모르는 사이 제가 새로운 태도를 취하고 있다는 것을 발견했습니다. 하나의 계급, 하나의 성을 뭉뚱그려 비난하는 건 터무니없는 것이었습니다. 사람들의 더 커다란 몸집이 자신들이 한 일에 절대 책임을 지진 않습니다. 그들은 그들이 억제할 수 없는 본능에 끌려갑니다. 그들도, 그 가부장들, 그 교수들도 싸워야 할 무한한 어려움, 끔찍한 문제를 가지고 있습니다. 그들의 교육은 어떤 면에선 저의 것만큼 그릇된 것이었습니다. 그게 그들 속에 그만큼 커다란 결함을 낳았던 것이었지요. 그들한테 돈과 권력이 있는 건 사실입니다만, 끊임없이 간을 찢어내고 허파를 움켜쥐는 독수리나 독취를 가슴에 품는 희생을 그 대가로 치르고서입니다. 소유에 대한 본능, 획득에 대한 열망이 그들을 부단히 다른 사람의 영역과 재산으로 몰고 갔습니다. 국경들과 깃발들, 전쟁터와 독가스를 만들게 했으며 그들 자신의 목숨과 자신의 아이들의 생명을 바치도록 했습니다. 애드미럴티 아치*를 죽 걸어 보세요(저는 벌써 그 기념관에 도착해 있었습니다). 아니면 전리품들과 트로피들과 기관포에 자리를 내준 다른 대로를 걸으며, 거기에서 경축되었던 영광 같은 것을 생각해 보세요. 아니면 봄 햇살 속의 증권중개인과 그 위대한 변호사들이 돈을 벌고 더 많은 돈을 벌고 또 더 많은 돈을 벌러 실내로 들어가고 있는 걸 보세요. 1년에 500파운드면 햇빛을 받고 살아갈 수 있는 게 사실인데도 말입니다. 저는 이런 것들은 마음에 담기에 불쾌한 본능이란 생각이 들었습니다. 케임브리지 공작의 조각상을, 구체적으로는 챙이 휘어진 모자 깃털들을, 이전엔 그것들이 절대 한번도 받아 본 적 없었을 고정된 시선으로 바라보며, 저는 그 결함들이 삶의 조건에서 탄생하는 것이라고, 또는 문명의 결여에서 비롯되는 것이라고 생각했습니다. 그리고 제가 그런

---

* Admiralty Arch. 잉글랜드 런던 시티오브웨스트민스터의 역사적 건물. 서쪽으로는 더 맬, 동북쪽으로는 트라팔가 광장으로 이어진다.

결함들을 깨닫게 되자, 공포와 쓰라림은 점차 연민과 관용으로 바뀌었고, 그러다 1, 2년 후 연민과 관용이 사라지자, 그 모든 것들로부터의 가장 커다란 해방이, 즉 사물을 있는 그대로 생각할 수 있는 자유가 찾아왔습니다. 이를테면, 저 건물이 내 마음에 들까, 아닐까? 저 그림은 아름다운가, 그렇지 않은가? 내 관점에서 저건 좋은 책일까 아님 나쁜 것일까? 정말로 제 숙모의 유산은 제게 장막이 걷힌 하늘을 보여 주었고, 밀턴이 영원히 숭배해야 할 대상이라 했던 탁 트인 하늘이, 커다랗고 위압적인 신사들의 모습을 점차 대체했습니다.

그런 생각에 잠겨, 그런 추측들을 하면서 저는 제 강변 집으로 돌아가는 길을 찾았습니다. 가로등이 켜지고 있었고, 아침 시간 이후로 런던엔 형언할 수 없는 변화가 찾아와 있었습니다. 온종일의 노동을 마친 거대한 기계가 우리 도움을 받아 매우 자극적이고 아름다운 무언가를 몇 야드 만들어 놓은 것 같았습니다— 붉은 눈을 반짝거리며 타오르는 듯한 직물, 더운 숨을 내뿜으며 으르렁거리는 황갈색 괴물 같은 것을요. 심지어 바람조차 깃발처럼 풀럭거리며 집들을 채찍질하고 표지판을 달그락거리게 했습니다.

하지만, 제가 사는 작은 거리엔 일상이 만연해 있었습니다. 도색공이 사다리에서 내려오고 있었고, 아이 보는 여자가 유모차를 조심스럽게 지그재그로 밀며 간식 시간에 맞춰 육아실로 돌아가고 있었습니다. 석탄을 나르는 인부는 빈 자루들을 차곡차곡 접어서 쌓고 있었습니다. 청과물 가게 여자는 붉은 장갑을 낀 손으로 그날 번 것을 계산하고 있었습니다. 하지만 여러분이 제 어깨에 올려놓았던 그 문제에 너무 골몰한 나머지, 저는 심지어 이런 일상적인 광경도 주제에 적용해 보지 않고 그냥 바라볼 수가 없었습니다. 저는 이런 일거리들 중에서 더 고상하고 더 필요한 것은 어떤 것이다. 라고 말하기가 아마 100년 전보다 지금이 훨씬 더 어렵다고 생각했습니다. 석탄 나르는 인부가 되는 게 나은가요, 아니면 아이 보는 여자가 나은가요? 여덟 아이를 기른 하녀가 10만 파운드를 버는 변호사보다 세상에 덜 가치 있는 것일까요? 이런 질문들을 하는 건 쓸데없는 것입니다. 아무도 거기에 답할 수 없으니까요. 허드렛일을 하는 여자와 변호사의 비교 가치가 몇십 년간 오르락내리락할 것일 뿐만 아니라, 지금으로선 그들을 공평하게 잴 아무 잣대도 없으니까요. 저의 그 교수한테, 여성에 관해 그가 주장한 이러저러한 것에 대해 '논박할 수 없는 증거'를 제공해 달라고 요청했던 건 바보짓 같았습니다. 설사 현재로선 어떤 한 가지 재능의 가치에 대해 분명히 말할 수 있다 해도 그 가치들은 변할 것입니다. 한 세기가 지난 후에는 아마 거의 완벽히 바뀌어 있을 것입니다. 저는 현관문 앞에 다다랐고, 게다가 100년 후면 여성은 보호받는 성으로 존재하는 걸 그만두게 될 것이라는 생각을 했습니다. 필연적으로 여자들은 한때 그들을 거부했던 모든 활동들과 행사들에 참여할 것입니다. 아이 돌보는 여자는 석탄을 나를 것입니다. 가게 보는 여자는 기관차를 운전할 것입니다. 여성들이 보호

받는 성이었을 때 관찰한 사실들에 기초한 모든 가정假定들은 사라지게 될 것입니다. 예를 들면(그 순간 군부대가 거리를 행진하고 있었습니다) 여자들과 성직자와 정원사가 다른 사람들보다 오래 산다, 같은 것 말이죠. 그런 보호를 거둬 내고, 여자들을 같은 행사와 활동에 참여시키고, 여자들을 군인과 선원과 기관사와 부두 노동자로 만든대도, 여자들이 그렇게 아주 어린 나이에, 아주 더 빨리 죽거나 하진 않을 것입니다. 과거에 "나 오늘 항공기 한 대 봤어." 했듯이 "나 오늘 여자 하나 봤어."라고 할 남자들보다 말입니다. 문을 열며 저는, 여자라는 성이 보호받는 처지가 되는 걸 멈추면 무슨 일이든 일어날 수 있다고 생각했습니다. 하지만, 집 안으로 들어서며 저는 물었습니다. 이 모든 게 제 연설 주제인 '여성과 픽션'과 무슨 상관이 있을까요?

# 3

그날 저녁에 어떤 중대한 발표거리, 근거 있는 어떤 사실을 가지고 돌아오지 못한 건 실망스러웠습니다. 여자들은 남자들보다 가난한데 왜냐하면…… 이렇거나 저렇기 때문이다. 어쩌면 이제 그 진실을 추구하는 걸, 쇄도하는 용암처럼 뜨겁고 개숫물처럼 탁한 의견들을 머릿속에 전송받는 걸 그만두는 게 나을지도 모르겠습니다. 커튼을 치고 산만하게 만드는 것들을 차단하고 램프를 켜고 조사 범위를 좁혀, 의견이 아닌 사실을 기록하는 역사학자한테, 몇 세기에 걸쳐서가 아니라 이를테면 영국의 엘리자베스 여왕 시대에 여자들이 어떤 환경에서 살았는지 서술해 달라고 부탁하는 게 낫겠습니다.

다른 모든 남자들이 노래나 소네트에 탁월한 재능이 있는 것으로 보였던 그때, 왜 어떤 여자도 그 뛰어난 작품을 한 단어도 쓰지 않았는지는 영구적인 수수께끼이기 때문입니다. 여자들이 살았던 환경은 어떤 것이었을까? 저는 스스로한테 물어보았습니다. 픽션은 상상력으로 하는 작업이지, 땅의 조약돌처럼 툭 떨어지는 게 아니기 때문입니다. 어쩌면 과학은 그럴지도 모르지만요. 픽션은 거미줄처럼 삶의 모든 영역들에, 어쩌면 너무 가볍게 달라붙어 있을진 모르지만 다 달라붙어 있습니다. 그게 달라붙어 있는 건 대부분 거의 보이지도 않습니다. 예를 들어, 셰익스피어의 희곡들은 알아서 완벽하게 매달려 있는 것같이 보입니다. 하지만 거미줄 가장자리에 갈고리를 걸어 거미줄을 삐딱하게 늘리다가 그 한가운데가 찢기면, 그 거미줄들이 실체 없는 생물들이 공중에 매단 게 아니라 인간의 고통스러운 작업이란 것을, 그리고 크게는 건강이나 돈이나 우리가 사는 집 같은 물질적인 것들에 들러붙어 있는 것이란 걸 기억하는 거지요.

그리하여 저는 역사책들이 꽂힌 선반으로 가서 가장 최근 것들 중 하나를, 트리벨리언* 교수가 쓴 『영국의 역사』를 꺼냈습니다. 다시 여성 쪽 항목을 검토하다가 '지위에 관하여'를 발견하고 가리키는 페이지를 펼쳐 "아내― 구타하기"로 시작되는 구절을 읽었습니다. "남자의 권리로 인정됐고, 하층민뿐 아니라 상층민에 의해서도 아무 수치심 없이 행해졌다…이와 동일하게," 역사학자는 계속합니다. "부모가 고른 신사와 결혼하길 거부한 딸은 감금당하고 얻어맞은 뒤 방에 내동댕

---

* George Macaulay Trevelyan(1838~1928). 영국의 역사가이자 정치가. 외삼촌 매콜리 경의 전기를 저술하고 글래드스턴의 아일랜드 자치법(1886) 도입을 둘러싼 정치적 사건들에 가담한 것으로 유명하다.

이쳐지지는 걸 면할 수 없었고, 이는 여론에 어떤 충격도 가하지 않았다. 결혼은 개인적인 애정 문제가 아니라, 가족의 이욕이 관계된 것이었으며, 특히 '기사도 정신을 중시하는' 상류 계급들한테 그러했다… 약혼은 종종 한쪽이 혹은 양쪽 둘 다 요람에 있을 때 이뤄졌고, 그들이 보모의 책임으로부터 채 벗어나기도 전에 결혼이 행해졌다." 그건 약 1470년대, 초서*가 살았던 바로 직후였습니다. 다음은 약 200년이 지난 스튜어트 왕조 때의 여성의 지위에 대해 언급하고 있습니다. "상류층과 중류층 여자들은 여전히 자신들의 남편을 고르는 데서 제외되었고, 남편이 정해지면 최소 법률과 관습이 보장하는 한 그는 군주이자 주인이었다. 하지만 그렇긴 해도," 트리벨리언 교수는 이렇게 결론짓습니다. "셰익스피어의 작품 속 여인들이나, 버니, 허친슨 같은 신뢰할 만한 17세기 회고록에 나오는 그런 여인들도 인격과 개성이 결여된 것처럼 보이지 않는다." 그 말을 생각해 보면, 클레오파트라는 확실히 살살 구슬려 가며 상황을 뜻하는 대로 잘 다뤘을 것 같습니다. 맥베스 부인도 짐작건대 자신의 의지가 있었습니다. 로잘린드는 결국 매력적인 처녀였다고 할 수 있겠지요. 셰익스피어의 여인들이 인격과 개성이 결여된 것처럼 보이지 않는다고 한 트리벨리언 교수는 진실 그대로를 말하고 있습니다. 더 나아가 역사학자가 아닌 사람으로서 보면, 여성들은 태초부터 모든 시인들

---

* Geoffrey Chaucer(1343~1400). 영국의 대표적 시인. 셰익스피어 이전의 탁월한 작가로, 14세기 후반에 궁정대신·외교관으로서 공사를 경영하는 데 지대한 공헌을 했다.

의 모든 작품 속에서 횃불처럼 타올랐다고 할 수도 있겠습니다— 극작가들 작품 속에는 클리템네스트라, 안티고네, 클레오파트라, 맥베스 부인, 페드르, 크레시다, 로잘린드, 데스데모나, 멀피 공작부인이 있지요. 다음 산문 작가들 작품들에는, 밀라먼트, 클라리사, 벡키 샤프, 안나 카레리나, 엠마 보바리, 클레망트 부인이 있습니다— 이 한꺼번에 머리에 떠오르는 이름들 그 누구도, "인격과 개성이 결여된" 여성을 연상시키지 않습니다. 진짜 여성들이 남성들이 쓴 소설에서 말고 달리 존재하지 않았었더라면 우린 여자가 아주 중요한 사람이었다고, 아주 다양하고 영웅적이고 비열하고 눈부시면서 야비하고, 무한정 아름다우면서 극도로 가증스럽고 남자처럼 위대하고 심지어 어떤 이들은 남자보다 더 위대하다고 상상했을지도 모르지요. 실제로는, 트리벨리언 교수가 지적하듯, 여자는 감금되고 얻어맞고 방에 내동댕이쳐졌는데 말입니다.

그리하여 아주 기이하고 복합적인 존재가 나타납니다. 상상 속에서 그녀는 최고로 중요한 인물입니다. 실제로는 완전히 하찮습니다. 시집詩集의 처음부터 끝까지 그녀가 다 깃들어 있는데, 역사 속에서는 사실상 전무합니다. 픽션 속에서 그녀는 왕과 정복자들의 삶을 지배합니다만, 실상은 부모의 강요로 그녀의 손가락에 반지를 끼운 소년의 종이었습니다. 문학작품에서는 가장 영감 어린 어떤 말들, 가장 심오한 어떤 생각들이 그녀의 입에서 쏟아졌는데, 실제 생활에서 그녀는 거의 읽지도 못했고, 철자도 간신히 뗄까 말까 했으며, 남편의 재산일 뿐이었습니다.

　그건 확실히 역사학자들을 먼저 읽고 그 뒤에 시인들을 읽으면서 만들어진, 기이한 괴물이었습니다— 독수리 날개를 단 벌레, 부엌에서 동물의 비계를 썰고 있는 생명과 미의 정령처럼요. 하지만 상상하기엔 즐거울지라도, 이 괴물들은 존재하지 않는 것입니다. 그녀를 삶으로 데려오기 위해 반드시 해야 할 것은 그녀를 시적으로 그리고 산문적으로, 한꺼번에 동시에 생각하는 것입니다. 그래야 사실과의—그녀는 마틴 부인이고, 서른여섯 살이며, 푸른 옷에 검은 모자를 쓰고 갈색 신발을 신고 있습니다— 연결고리를 유지하면서도 픽션이란 걸—그녀는 영원히 빛나는 온갖 영혼들과 기운들을 담고 있는 그릇입니다— 잊지 않는 거지요. 그렇지만 엘리자베스 여왕 시대의 여성한테 이 방법을 써보려 하니, 한쪽의 조명이 깜깜합니다. 사실들이 너무 부족해 꼼짝도 할 수 없습니다. 자세한 것, 그녀에 관한 완벽한 진실이자 중요한 것들을 하나도 알지 못하는 거지요. 역사는 그녀에 대해 거의 언급하지 않습니다. 그래서 저는 트리벨리언 교수한테 역사가 무엇을 의미했는지 보려고 다시 그에게로 돌아갔습니다. 저는 그가 쓴 각 장의 제목들을 보면서 그게 어떤 의미였다는 것을 알았습니다. '중세 장원과 공동 경작농업… 시토 수사회와 목양업… 십자군운동… 대학교… 의회… 백년전쟁… 장미전쟁… 르네상스시대 학자들… 수도원의 붕괴… 토지 균분론자와 수도회원의 불화… 영국 해군력의 기원… 무적함대*…' 등등 말입니다. 간간이 엘리자베스나 메리 같은 여성이 개별적으로 언급됐습니다. 여왕이나 귀부인 말이지요. 역사가가 과거를 바라보는 관점을 구성하는 그런 결속된 어떤 커다란 흐름들 중 어느 하나에도, 가진 것이라곤 두뇌와 개성 말곤 아무것도 없는 중류층 여성들이 참여할 수 있는 방법은 절대 없었습니다. 우리는 어떤 일화 모음집에서도 그녀를 찾을 수 없을 것입니다. 오브리**는 그녀에 대해 좀처럼 언급하지 않습니다. 그녀는 절대 자신의 삶에 관해 적지 않고 일기도 좀처럼 써나가지 않습니다. 고작 한 움큼의 편지들만 존재합니다. 우리가 평가할 수 있는 어떤 희곡이나 시도 남겨놓지 않았습니다. 필요한 것은 다량의 정보—왜 뉴넘***이나 거턴****의 몇몇 똑똑한 학생들이 그걸 제공해 주지 않을까요?—라는 생각이 들었습니다. 그녀가 몇 살에 결혼을 했는지, 대략 몇 명 정도의 아이들이 있었는지, 살던 집은 어땠는지, 자기 방은 있었는지, 그녀는 요리를 했는지, 혹 하인을 두거나 하진 않았는지? 예상컨대 이 모든 사실들은 어쩌면 교구 호적부와 회계장부 어딘가 적혀 있을 것입니다. 엘리자베스시

---

* 영국이 스페인 무적함대를 격파하고 중상주의 정책으로 국고를 채웠던, 셰익스피어가 활동하는 영국의 황금시대를 의미한다.

** John Aubrey(1626~1697). 영국의 골동품 수집가·전기 작가. 동시대인들에 대해 생생하고 자세하게, 때로는 신랄하게 쓴 약전(略傳)으로 유명하다.

*** 뉴넘대학(Newnham College)은 1871년 헨리 지그윅(Henry Sidgwick)이 설립한 케임브리지대학교의 여자대학으로 거턴대학에 이어 여자의 입학을 두 번째로 허용했다.

**** 거턴대학(Girton College)은 에밀리 데이비스(Emily Davies)와 바버라 보디천(Barbara Bodichon)에 의해 1869년 설립된 케임브리지대학교의 최초의 여자대학이다.

대 평균적인 여성들의 삶은 여기저기에 산재해 있을 것이고, 그걸 수집해 한 권의 책으로 만들 수도 있을 것입니다. 저는 여기 존재하지 않는 책들을 찾아서 선반을 둘러보며, 저런 유명한 대학 학생들한테 역사를 다시 써야 한다고 제안하는 건 대담함을 넘어선 저의 야심일 거란 생각이 들었습니다. 역사란 게 제겐 지금도 약간 기이하고 비현실적이고 한쪽으로 치우쳐 있는 것 같다고 종종 느껴지지만 말입니다. 하지만 여성이 부적절하지 않게 나올 수 있도록 역사에 부록을, 물론 눈에 잘 안 띄는 어떤 제목을 붙여 첨가하면 왜 안 되는 걸까요? 왜냐하면 위인들의 삶에서 가끔 그 배경 속으로 휙 들어왔다 모습을 감추는 그들이 어렴풋이 보이기 때문이고, 저는 가끔 어떤 윙크를 어떤 웃음을 어쩌면 어떤 눈물을 생각합니다. 그리고 우린 마침내, 제인 오스틴의 생애에 대해선 충분히 알고 있습니다. 조애나 베일리\*의 비극 작품들이 에드거 앨런 포\*\*의 시에 끼친 영향을 다시 살펴보는 건 거의 불필요한 일인 듯싶습니다. 메리 러셀 미트퍼드의 집과 그녀가 자주 다니던 곳들이 최소 한 세기 동안 대중한테 공개되지 않는다 해도 저로선 괜찮습니다. 하지만 개탄스러운 것은—저는 다시 계속해서 책 선반들을 쳐다봤습니다— 18세기 이전에는

---

\* Joanna Baillie(1762~1851). 스코틀랜드의 시인·극작가. 그녀의 수많은 희곡들은 주로 운문으로 쓰였고, 진지한 극이 퇴조하고 있던 시기에 매우 찬사를 받았다.

\*\* Edgar Allan Poe(1809~1849). 19세기 미국 낭만주의문학을 대표하는 소설가·시인·비평가로, 근대 환상문학의 창시자, 단편소설의 창시자, 추리소설의 창시자로 불린다.

여성에 관해 아무것도 알려진 게 없다는 것입니다. 맘속으로 이렇게 저렇게 생각을 굴려 볼 모델 같은 것이 하나도 없는 거지요. 저는 여기서 왜 엘리자베스시대 여자들은 시를 쓰지 않았는지 묻고 있습니다. 저는 그들이 얼마나 교육을 받았는지도 확실히 모릅니다. 글쓰기를 배웠는지, 자기만의 방이 있었는지, 얼마나 많은 여자들이 스물한 살 이전에 아이들을 낳았는지, 간략히 말하자면 아침 8시부터 저녁 8시까지 그들이 무엇을 했는지 말입니다. 정황상 그들한텐 돈이 없었습니다. 트리벨리언 교수에 따르면, 육아실에서 나오기도 전 열대여섯 살 즈음해서 좋든 싫든 간에 결혼을 했을 것입니다. 저는 심지어 이것만 봐도 그들 중 누군가가 갑자기 셰익스피어의 희곡들을 썼다면 극히 기이했을 거라는 결론에 도달했고, 지금은 작고했지만 제 기억엔 주교였던 그 노신사를 생각했습니다. 그는 과거에도 현재에도 앞으로도 여자들이 셰익스피어의 천재성을 갖는 건 불가능하다고 단언했지요. 그는 신문에다 그렇게 썼습니다. 또한 자신에게 어떤 문제의 답을 구했던 한 부인한테 사실상 고양이들은 천국에 가지 않는다는 식견을 피력하면서, 비록 그것들한테도 영혼 같은 게 있긴 합니다만, 하고 덧붙였습니다. 저런 노신사들은 도대체 얼마나 많은 생각거리를 덜어 준 것인지요! 저들의 접근으로 무지의 영역이 얼마나 확 줄었습니까! 고양이들은 천국에 가지 않는군요. 여자들은 셰익스피어 희곡들을 쓸 수 없고요.

그건 그렇다 치고, 선반에 올려진 셰익스피어의 작품들을 바라보면서 저는 그 주교가 최소한 이런 면에선 옳았다고 생각할 수밖에 없었습니다. 어떤 여성이라 해도 셰익스피어의 시대에 셰익스피어의 희곡을 쓰는 건, 전적으로, 완벽히, 불가능했을 것이란 것 말이죠. 사실을 발견하기가 너무 어렵기 때문에 이런 상상을 해보겠습니다. 만약 셰익스피어한테 놀랍도록 재능이 뛰어난 누이, 주디스라 합시다, 주디스라는 누이가 있었다면 무슨 일이 벌어졌을지 말입니다. 셰익스피어 혼자만, 사실상 그랬을 법하게 문법학교에 다녔고—그의 어머니는 유산을 상속받았습니다— 거기서 그는 라틴어와—오비디우스, 베르길리우스, 호라티우스— 기본 문법들과 논리학을 배웠을 것입니다. 그는 잘 알려진 대로, 토끼를 잡고 어쩌면 사슴을 쏘았던 거친 소년이었고, 그래야 했던 것보다 약간 더 이른 나이에 마을 여자랑 결혼해야 했으며, 그 여자는 적절하다기엔 다소 빨리 그에게 자식을 안겨 주었습니다. 그의 무모함은 성공의 길을 찾아서 그를 런던으로 보냈습니다. 그는 극장을 좋아했습니다. 그런 듯 보였습니다. 그는 무대 출입구에서 말을 지키고 있는 것으로 그 일을 시작했습니다. 그는 아주 금방 극장에서 일을 하게 되었고, 유명한 배우가 되어 세계의 중심에서 살았습니다. 모든 사람을 만나고 모든 사람을 알아가고 무대에서 자신의 작품을 실험하고 거리에서 자기의 기지를 연마했으며 심지어 여왕이 사는 궁전까지 들어갔습니다. 그러는 동안 놀라운 재능을 가지고 태어난 그의 누이는 집에 남아 있었다고 가정해 봅시다. 그녀는 모험심이 강했고,

상상력이 풍부했으며, 그가 그랬던 만큼이나 못 견디게 세상이 보고 싶었습니다. 하지만 그녀는 학교에 다니지 못했습니다. 호라티우스와 베르길리우스를 읽는 건 고사하고, 문법과 논리학을 배울 기회도 전혀 없었습니다. 그녀는 이따금, 아마 그녀의 오빠 것이었을 책을 집어 들고 몇 장씩 읽었습니다. 하지만 그러면 그녀의 부모가 들어와, 스타킹을 깁거나 스튜나 잘 보고 있지 책이나 신문 같은 것을 보며 멍하니 있지 말라고 합니다. 그들은 준엄하긴 했지만 다정히 말했을지도 모릅니다. 여자가 살아가는 삶의 조건들을 잘 알고 있고 딸을 사랑하는 현실적인 사람들이었으니까요—실제로 아버지한테 그녀는 십중팔구 눈에 넣어도 안 아픈, 사과처럼 고운 딸이었을 것입니다. 그녀는 어쩌면 사과를 보관하는 광에서 남몰래 몇 장쯤의 글을 끄적거렸겠지만 신중하게 그것들을 감추거나 태웠습니다. 그렇지만 이내, 십대가 끝나기도 전에 이웃 양모상인 아들과의 약혼이 정해졌습니다. 그녀는 결혼하기 싫다고 소리 내 울었고, 그 때문에 아버지한테 몹시 얻어맞았습니다. 그 뒤로 그는 더는 꾸짖지 않았습니다. 대신 그녀에게 자기를 괴롭히지 말고, 이 결혼 문제로 자기를 부끄럽게 하지 말아 달라고 사정했습니다. 그는 구슬 목걸이나 멋진 페티코트 같은 걸 주겠다고 말했고, 그의 눈에도 가득 눈물이 고였습니다. 어떻게 그녀가 아버지를 거역할 수 있었겠습니까? 어떻게 그의 가슴을 아프게 할 수 있었겠어요? 그에게 거역하도록 그녀를 떠민 것은 오직 재능의 힘이었지요. 그녀는 자기 물건들을 챙겨 작은 꾸러미를 만들어서 어느 여름밤에 밧줄을 타고 내려와 런던으로 향하는 길로 들어섰습니다. 그녀는 열일곱 살이 아니었습니다. 산울타리에서 노래하던 새들도 그녀보다 더 음악적이진 않았습니다. 그녀는 자신의 오라비처럼 순식간에 단어의 운율을 맞추는 세련된 재능이 있었습니다. 오라비처럼 그녀도 연극을 좋아했습니다. 그녀는 극장 출입문에 서 있었습니다. 그녀는 연기를 하고 싶었고 그렇다고 말했습니다. 남자들은 그녀의 면전에서 웃음을 터뜨렸습니다. 극장 매니저가—뚱뚱하고 입이 가벼운— 낄낄거렸습니다. 그는 푸들이 춤추는 것과 여자들이 연기하는 것에 관한 뭔가를 큰 소리로 지껄이더니, 어떤 여자도 배우가 될 가능성이란 절대 없다고 말했습니다. 그가 넌지시 무언가 내비쳤습니다— 뭔지는 여러분이 상상할 수 있겠죠. 그녀는 자기 기술을 연마할 아무 훈련도 받을 수 없었습니다. 게다가 그녀가 선술집에서 저녁을 먹거나 자정에 거리를 배회할 수 있었을까요? 그럼에도 픽션에 대한 그녀의 천재적인 재능은 남자들과 여자들의 삶, 그들이 살아가는 방식을 풍부한 자양분으로 얻길 열망했습니다. 마침내—그녀는 매우 젊었고, 회색 눈동자와 둥그런 눈썹이 기묘하게 시인 셰익스피어를 닮았기에— 결국 배우 겸 감독인 닉 그린이 그녀를 동정하게 되었습니다. 그녀는 자기가 그 신사의 아기를 가진 것을 알게 됐고—여인의 육체에 사로잡힌 채 갇혀 있는 시인의 가슴이 얼마나 뜨겁고 난폭한지를 누가 헤아릴 수 있을까요?— 그래서 어느 겨울밤 스스로 목숨을 끊고 지금은 엘리펀트 앤 캐슬 지역 외곽의 승합차들 정류장이 있는 어떤 교차로에 묻혔습니다.

　이것이 셰익스피어 시대에 여성이 셰익스피어의 천재성을 가진다면 대략 어떻게 이야기가 전개될 것인가에 대해 제가 생각한 것입니다. 만약 그 고인이 된 주교가, 셰익스피어 시대 어떤 여자가 셰익스피어의 천재성을 가졌어야 했다는 건 생각할 수도 없는 일이라고 했다면 저도 그한테 동의하는 입장입니다. 셰익스피어 같은 천재성은 막노동을 하고 교육을 못 받고 굽실거리는 사람들한테선 태어나지 않기 때문입니다. 영국의 색슨족과 브리튼족한테서 나온 적도 없었습니다. 오늘날의 노동자 계급에서도 나오지 않습니다. 그럼 어떻게, 트리벨리언 교수에 따르면 부모의 강요와 또 그 모든 법과 관습의 힘에 떠밀려 육아실에서 채 나오기도 전부터 일을 시작했던 여자들한테서 그게 태어날 수 있었겠습니까? 그럼에도 그런 천재성은 분명히 노동자 계급에서도 존재했을 것이고, 여성들 가운데서도 틀림없이 존재했을 것입니다. 에밀리 브론테나 로버트 번스* 같은 이가 가끔 불꽃처럼 그 존재를 입증하고 있으니까요. 그러나 그 재능은 절대 그대로 종이에 옮겨지지 않았습니다. 하지만 몸을 숨기고 피해 다니는 마녀나 악령에 사로잡힌 여자나 약초를 파는 여자 마법사나 심지어 아주

---

* Robert Burns(1759~1796). 스코틀랜드 출신 영국의 시인이자 서정시인(작사가). 가난한 농부의 아들로 태어나서 고된 일을 하면서도 틈틈이 시를 읽었고 17세 때부터 시를 쓰기 시작하였다.

범상치 않은 남자의 어머니에 대해 읽을 때마다 저는 우리가 행방불명된 소설가, 억압된 시인의 자취 위에 서 있다는 생각이 듭니다. 침묵하는 어떤 이름 없는 제인 오스틴, 자신의 재능이 가한 극심한 고통으로 황야에서 뇌를 쏟아내거나 실성해서 찡그린 얼굴로 도로를 서성였던 어떤 에밀리 브론테 말입니다. 실제로 저는 아무 서명도 남기지 않고 그토록 많은 시를 썼던 익명의 저자가 종종 여자였을 거라는 대담한 추측을 하곤 합니다. 제 기억으론, 에드워드 피츠제럴드*가 그랬지요. 발라드와 민요를 지어내 그걸 자기의 아이들한테 흥얼거리고, 실을 자을 때나, 긴긴 겨울밤에 그걸 부르며 마음을 달랬던 이는 여자였다고 말입니다. 사실일 수도 아닐 수도 있겠지요— 누가 알겠습니까? 하지만 제가 지어낸 셰익스피어 누이의 이야기를 다시 생각해 봤을 때, 그 안에 담긴 진실은, 제게 진실처럼 보이는 것은, 16세기에 위대한 재능을 가지고 태어난 여자는 그 누구라도 실성해서 자기 자신한테 총을 쏘거나, 마을 외곽의 쓸쓸한 오두막에서 절반은 마녀로, 절반은 마법사로 두려움과 조롱의 대상이 된 채 너덜너덜 남루하게 생을 마감했을 거란 겁니다. 자기의 엄청난 재능을 시에 쓰고자 했다가 타인들의 방해로 인해 몹시 좌절한 소녀는, 자신 속에서 상충하는 본능 때문에 극도의 고통을 느끼며 산산이 분열을 일으키다가 건강과 정신을 잃을 것이 뻔하고, 이건 심

---

* Edward FitzGerald(1809~1883). 잉글랜드의 시인이자 작가. 스페인의 극작가 칼데론의 작품과 그리스의 고전비극 『아가멤논』과 『이디퍼스왕(王)』 등을 영역하였다.

리학을 거의 몰라도 불 보듯 뻔한 것입니다. 어떤 소녀도 자신을 해치지 않고, 비이성적인 것일지도 모르지만 그럼에도 정말 피할 수 없는 비통함으로—알려지지 않은 이유들로 특정 계층에서 고안해 낸 순결에 대한 맹목적인 집착 때문에— 고통받는 일 없이 런던으로 걸어가 무대에 서고 배우이자 매니저가 될 수 없었을 것입니다. 그 당시 순결은, 심지어 현재까지 여성들의 삶에서 종교적인 중요성을 띠고 있으며, 신경들과 본능들로 둥글게 감싸여 있으므로, 그걸 잘라내 한낮의 빛 속으로 가져가는 건 흔치 않은 최고의 용기를 필요로 합니다. 16세기 런던에서 자유로운 삶을 살았다는 것은 시인이자 극작가였던 여자에게는 당연히 스스로를 죽음으로 몰고 갈 정신적 압박과 딜레마를 의미했던 것입니다. 설사 살아남았다 해도, 그녀가 쓴 건 그게 뭐든 간에 경직되고 병적인 상상력에 근거한 것이라 뒤틀리고 불구가 되었을 것입니다. 그리고 그녀의 작품은—저는 여성들이 쓴 희곡은 하나도 없는 책 선반을 바라보며 생각했습니다— 틀림없이 아무 서명도 남기지 않은 채 사라졌을 거라고요. 그녀는 분명 그런 은신을 모색했겠지요. 19세기 꽤 늦은 후반까지도 여성에게 익명성을 명령했던 건 그 정조 관념의 유물입니다. 커러 벨,* 조지 엘

---

* 샬럿 브론테의 필명. 샬럿은 빅토리아시대에 성차별을 받지 않고 공정한 평가를 받으려면 남성 작가로서 글을 발표해야 한다고 생각했다.

리엇,* 조르주 상드,** 이들의 글쓰기가 입증했듯 이 모든 내적 투쟁의 희생자들은 남자의 이름을 사용하면서 자신들을 감추려고 헛되이 노력했습니다. 이와 같이 그들은 여성이 대중에 알려지는 건 혐오스럽다는, 다른 성에 의해 심어진 게 아니라면 자신들이 장려해 온 관습에(여성에게 있어 으뜸 된 영예는 남의 입에 오르내리지 않는 것이라고, 그 자신은 사람들 입에 숱하게 오르내렸던 페리클레스***가 그랬죠) 존경을 표했습니다. 익명성이 그들의 피에 흐릅니다. 베일에 가려 있고자 하는 욕망에 아직도 사로잡혀 있습니다. 심지어 지금까지도 남자들만큼 명성을 잘 유지하는 데 관심이 없습니다. 쉽게 말하면, 예쁜 여자가, 하다못해 개가 지나가는 것만 봐도 본능이 시키는 대로 저 개는 내 거야, 라고 중얼거리는 엘프나 버트나 체스는 무덤이나 표지판을 지날 땐, 자기들 이름을 거기 새기고 싶다는 거부할 수 없는 욕망을 느낄 게 분명하지만, 여자들은 아무 느낌 없이 지나칠 것입니다. 팔러먼트 스퀘어와 지게스 알레와 또 다른 거리들을 떠올리며,**** 물론 그건 개 한 마리가

---

* '조지 엘리엇'이 남자 이름을 필명으로 쓴 것은 당대 사회 분위기에서 여성이라는 이유로 폄하되길 원치 않았던 데다가, 유부남과의 스캔들로 얼룩진 사생활이 작품에 앞서 논쟁거리가 되는 걸 바라지 않았기 때문이었다.

** George Sand(1804~1876). 자유분방한 연애로 유명한 프랑스의 소설가. 본명은 아망틴 뤼실 오로르 뒤팽(Amantine Lucile Aurore Dupin)이다.

*** Perikles(기원전 495~429). 고대 그리스 아테네의 정치가·웅변가·장군. 고대 그리스 역사상 가장 유명하고 영향력 있는 인물 가운데 하나이다.

**** 팔러먼트 스퀘어(Parliament Square)는 기념비적 조각상들로 유명한 영국 국회의사당 광장이고, 지게스 알레(Sieges Allee, 승리의 거리)는 베를린에 있는 대로이다.

아닐 수도 있다고 저는 생각했습니다. 그건 땅 한 조각 혹은 검은 곱슬머리의 남자일 수도 있겠지요. 아주 근사한 흑인 여자를 자기의 영국 여자로 만들면 좋겠다는 바람 없이 그냥 지나칠 수 있는 건, 여성이라는 존재의 큰 이점 중 하나입니다. 당시 16세기에 시적 재능을 타고 태어난 여자는 불행한 여자였고, 자기 자신과 충돌을 일으키는 여자였습니다. 그녀 삶의 모든 조건들, 그녀 자신의 모든 본능들은 그녀의 머릿속에 든 것을, 그게 뭐든 간에 자유롭게 풀어놓는 데 필요한 마음의 상태에 냉담했습니다. 하지만 창작 행위에 가장 순조로운 마음의 상태란 어떤 것일까? 저는 질문을 던졌습니다. 저런 이상한 행위를 촉진하고 가능하게 하는 상태는 어떤 것이다 하는 관념을 얻을 수 있는 것일까요? 여기서 저는 셰익스피어의 비극들이 수록된 책을 펼쳤습니다. 예를 들어 『리어왕』과 『안토니우스와 클레오파트라』를 썼을 때, 셰익스피어의 마음은 어떤 상태였을까요? 여태껏 존재했던 것들 중 시를 쓰기에 가장 유리한 마음 상태였을 것은 확실합니다. 하지만 셰익스피어 본인은 그에 관해 어떤 말도 하지 않았습니다. 우리는 그가 쓴 글이 '한 줄도 버릴 것이 없었다'는 것만 어쩌다 우연히 알 뿐입니다. 18세기 이전에 예술가 본인이 자신의 마음 상태에 대해 말한 적은 어쩌면 사실상 없었습니다. 아마 루소가 그 시작이었을 것입니다. 어쨌든 문인들이 고백록이나 자서전에 자신들의 마음을 묘사하는 게 관습이 될 정도로, 자의식은 19세기까지 계속 발달해 왔습니다. 그들에 관한 전기가 쓰였고, 사후에는 그들의 편지도 출간되었습니다. 이처럼 우린 비록 『리어왕』을 썼을 때 셰익스피어가 어땠는진 몰라도, 『프랑스 혁명』을 썼을 때 칼라일*이 어떤 경험을 했는지는 압니다. 『마담 보바리』를 썼을 때 플로베르**가 무슨 일을 겪었는지, 다가오는 죽음과 세상의 냉담함에 대항해 시를 쓰려 하면서 키이츠***가 겪었던 것들을 아는 것입니다. 이 방대한 고백과 자기분석의 현대 문학들로부터 내린 결론은, 천재적 작품을 쓰는 것은 거의 언제나 막대한 어려움이 이루어 낸 위업이라는 것입니다. 그 천재적 작품이 순전히 통째로 작가의 마음에서 나왔을 것이란 공산엔 모든 정황들이 반기를 듭니다. 대개는 물질적 환경이 그에 반反합니다. 개들이 짖겠죠. 사람들이 방해하겠죠. 돈을 반드시 벌어야 하고요. 건강이 나빠지겠죠. 게다가 이 모든 어려움들을 가속화시키고 더 참기 힘들게 만드는 건 세상의 악명 높은 무관심입니다. 세상은 사람들한테 시를 소설을 역사책을 쓰라고 부탁하지 않습니다. 세상한텐 필요 없는 것들인 거죠. 세상은 플로베르가 알맞은 단어를

---

* Thomas Carlyle(1795~1881). 영국의 역사가·평론가. 칼라일이 가장 좋아한 것은 독일 문학이었다. 특히 괴테를 숭배해 1824년에는 괴테의 『빌헬름 마이스터의 수업 시대』를 번역하여 출판했다. 칼라일은 생활고에 시달리면서도 야심적인 역사책 『프랑스 혁명』을 1837년에 발표하여 진지한 찬사와 대중적 성공을 얻었으며 이 책은 찰스 디킨스의 『두 도시 이야기』에 영감을 준 것으로 알려져 있다.

** Gustave Flaubert(1821~1880). 프랑스 사실주의 문학의 창시자로 여겨지는 소설가. 당대 부르주아 계층의 생활을 묘사한 대표작 『보바리 부인』 출간 후, 사회 풍속을 해쳤다는 이유로 법정에 고발되기도 했다.

*** John Keats(1795~1821). 셸리, 바이런과 함께 18세기 영국 낭만주의 전성기의 3대 시인 중의 한 사람이다. 폐결핵으로 25세의 젊은 나이에 요절했다.

찾아내고, 칼라일이 심각하게 이것이 진실인지 아니면 저것인지 검증하는 것에 관심이 없습니다. 당연히 원하지 않는 것을 한 데 대한 대가를 지불해 주지 않지요. 그래서 키이츠, 플로베르, 칼라일 같은 작가들은 특히 창조적인 젊음의 시기에 갖가지 낙담을 겪고 정신착란으로 고생합니다. 저주, 비탄의 울부짖음이 저런 자기분석과 고백의 책들에서 솟구칩니다. "비참하게 죽은 위대한 시인들"—그게 그들 노래의 후렴구입니다. 이러한 모든 것들에도 불구하고 무언가가 이걸 뚫고 나온다면 그건 기적이지요. 어떤 책도 아마 착상했던 그대로 흠 없이 온전하게 태어나지 않습니다.

하지만, 빈 선반을 바라보며 저는 생각했습니다. 이런 어려움들은 여성에겐 한없이 더 위협적인 것이었겠죠. 우선 조용하거나 방음이 잘 되는 방은 고사하고 자기 방을 갖는다는 게, 부모가 예외적으로 부유하거나 아주 신분이 높은 게 아니면, 심지어 19세기 초반까지도 불가능한 것이었습니다. 아버지가 아량껏 주는 용돈은 겨우 옷을 해 입을 정도였기 때문에, 심지어 도보 여행에서부터 프랑스까지의 짧은 여행도, 키이츠나 테니슨이나 칼라일이나, 그 모든 가난한 남자들의 고통을 덜어 주었던 그것도 여성에겐 허용되지 않았고, 설사 그들이 충분히 비참한 지경에 처해 있었대도 가족들의 요구와 횡포로부터 피신할 분리된 숙소도 허락되지 않았습니다. 그러한 물질적인 어려움은 엄청난 것이었습니다. 하지만 훨씬 더 나빴던 건 무형의 것들이었습니다. 키이츠와 플로베르와 다른 천재적인 남자들이 너무도 견디기 힘들어했던 세상의 무관심은 여자의 경우, 무관심이 아닌 적대감이었습니다. 세상은 남자들에게 했던 대로 그녀에게, 네가 선택했으면 쓰렴, 그래 봤자 내겐 별반 마찬가지니, 라고 하지 않았습니다. 세상은 껄껄 웃으며 말했습니다. '글을 써? 네 글이 어디 쓸 데가 있다고?' 저는 책 선반들의 비어 있는 공간을 다시 바라보며 뉴넘과 거턴대학의 심리학자들이 이리로 우릴 도와주러 와야 할지도 모른다는 생각이 들었습니다. 확실히, 기를 꺾는 행위가 예술가의 마음에 끼치는 영향을 측정해야 할 때이니 말입니다. 낙농 회사에서 일반 우유와 A등급 우유가 쥐의 몸에 미치는 영향을 측정하는 걸 봤던 것처럼요. 그들은 쥐 두 마리를 철망에 나란히 넣었습니다. 하나는 겁을 집어먹고 눈치를 살피는 작은 놈이고, 다른 하나는 번지르르하고 대담하고 큰 놈입니다. 저는 질문을 던졌습니다. 자, 이제 여성 예술가들에게 우린 어떤 음식을 제공하나요? 아마 제가 그 자두와 커스터드가 나왔던 저녁 식사를 떠올렸던 것 같습니다. 그 질문에 답하려면 석간을 펼쳐 버켄헤드 경의 의견을 읽기만 하면 되겠지요. 하지만 여성의 글쓰기에 대한 버켄헤드 경의 의견을 정말 그대로 옮겨 적는 수고는 하지 않을 것입니다. 잉 주임사제가 하는 말도 가만히 두겠습니다. 할리가* 전공의가 큰소리로 할리가에 메아리를 일으키는 게 허락된다 해도, 제 머

---

* 할리가(Harley Streets)는 런던 중심부 메릴본(Marylebone)의 거리로, 19세기 이래 전공의, 외과의를 비롯한 많은 의사들과 병원, 의료시설이 퍼져 있는 것으로 유명하다.

리카락은 한 올도 곤두서지 않을 것입니다. 그렇지만 저는 오스카 브라우닝 씨를 인용하려 하는데, 왜냐하면 오스카 브라우닝 씨는 한때 케임브리지대학의 유력 인사로서, 거턴과 뉴넘 학생들한테 시험을 치르게 하곤 했기 때문입니다. 오스카 브라우닝 씨는 이렇게 천명하곤 했지요. "시험지 다발을 검토하고 나서 내가 받은 인상은, 어떤 점수를 받았는지와 무관하게, 가장 뛰어난 여성도 가장 못한 남성보다 지적으로 열등하다는 것이다." 그 말을 하고 나서 브라우닝 씨는 자기 방으로 돌아갔습니다. 그리고, 그를 좋아하게 만들고 그를 거대한 위엄을 갖춘 인간의 모습으로 만든 게 이 후속편입니다.—자기 방으로 돌아간 그는 마구간지기 소년이 소파에 누워 있는 것을 발견했습니다—"그냥 해골이었다. 뺨이 움푹 꺼지고 누르스름하고, 이는 시커멓고, 사지도 제대로 못 쓸 것 같았다… '저건 아서야.' (브라우닝 씨가 말했다.) '저 앤 진실로 아주 고귀한 마음을 가진 귀여운 소년이야.'" 저 두 그림은 제겐 늘 서로를 완성시키는 듯 보입니다. 그리고 다행스럽게도 이 자서전의 시대에 저 두 그림은 종종 우리가 위대한 남자들의 견해를, 단지 그들이 했던 말이 아니라 그들이 한 행동으로 해석할 수 있도록 서로를 보완해 줍니다.

하지만 이젠 이런 해석이 가능하다 해도, 그런 중요한 인물들의 입에서 나온 견해들은 심지어 50년 전만 해도 충분히 어마어마한 것이었을 겁니다. 가장 고귀한 동기에서, 자기 딸이 집을 떠나 작가나 화가 또는 학자가 되길 바라지 않았던 어떤 아버지를 가정해 봅시다. 그는 "오스카 브라우닝 씨가 뭐라 했는지 보거라." 이렇게 말했겠지요. 단지 오스카 브라우닝 씨만이 아니었습니다. 〈새터데이 리뷰〉가 있었지요. 그레그 씨가 있었고요. "여성이 존재하는 본질은", 그레그 씨는 단호하게 말했지요. "남자들의 부양을 받고, 남자들한테 봉사하는 것이다." 여성에게는 지적인 어떤 것도 기대할 수 없다는 데까지 이른 남성스러운 의견들이 산처럼 쌓여 있었습니다. 설사 아버지가 큰 소리로 이런 의견들을 읽어 주지 않았더라도, 어떤 소녀는 스스로 그것들을 읽을 수 있었을 것이고 그 읽은 것이, 심지어 19세기에도 그녀의 활기를 저하시켰을 것이 분명하며 그녀가 하는 일에 지대한 영향을 끼쳤겠지요. 넌이건 할 수 없어, 넌 저걸 할 능력이 안 돼— 저항하고, 또 극복해야 할 주장들은 늘 있어 왔을 것입니다. 소설가한텐 이런 병균이 더는 큰 효력을 발휘하지 못했을 것 같습니다. 우수한 여성 소설가들이 있었으니까 말입니다. 하지만 화가들한텐 그 독성이 여전히 좀 남아 있고, 음악가들한텐, 제가 상상하기론 심지어 현재까지도 극도의 유해함을 끼치며 번식하고 있습니다. 여성 작곡가는 셰익스피어 시대 여배우들이 서 있었던 곳에 서 있습니다. 제가 셰익스피어의 누이에 대해 지어냈던 이야기를 떠올리며 저는 닉 그린이, 여성이 연기하는 걸 보면 춤추는 개를 보는 것 같은 마음이 든다고 했던 걸 생각했습니다. 존슨은 200년 후 여성이 설교하는 것에 대해 그 말을 반복했습니다. 그리고 여기서 음악에 관련된 책을 펼치며 저는 서기 1928년에, 작곡을 하려고 노력하는 여성들한테 바로 그 말들이 다시 쓰이고 있다고 말하고 있습니다. "제르맹 타유페르* 양에 관해선, 존슨 박사가 여성 설교자에 관해 남긴 격언을 음악의 용어로 전환시켜 반복하면 된다. '선생님, 여자가 작곡하는 건 개가 뒷다리로 걷는 것과 같지요. 잘하진 못해도, 그런 일이 벌어지는 걸 보면 놀랍긴 하네요.'" 역사는 이와 같이 정확히 반복됩니다.

그리하여 저는, 오스카 브라우닝 씨의 전기를 덮고 다른 책들을 밀어 놓으며, 심지어 19세기에조차 여자가 예술가가 되도록 격려받지 못했음은 꽤 명백하다는 결론을 내렸습니다. 반대로 홀대당하고 욕먹고 훈계와 잔소리를 들었습니다. 그녀의 마음은 이것에 맞서고, 저것에 불복하려는 욕구로 긴장했을 것이고, 활력이 저하되었을 것입니다. 여기서 우리는 다시 여성의 활동에 많은 영향을 끼쳐 왔던, 아주 흥미로우면서 불명료한 남성적 콤플렉스의 영역으로 들어갑니다. 그가 더 우월해야 할 만큼 그녀가 그렇게 열등하진 않지만 그렇게 되어야 한다는 그 깊게 자리한 욕망은, 보이는 곳마다 그를 심어 둡니다. 단지 예술의 문 앞뿐 아니라 정치로 향하는 길목 또한, 심지어 자신이 겪을 위험성이 극도로 적은 것처럼 보이고, 간청하는 사람이 겸손하고 헌신적일지라도 차단해 버

---

* Germaine Tailleferre(1892~1983). 리하르트 바그너와 리하르트 슈트라우스의 심각한 독일 낭만주의 음악이나 클로드 드뷔시의 화려한 인상주의에 반대한 20세기 초 프랑스의 6명의 젊은 작곡가들 중 유일한 여성 작곡가.

립니다. 제 기억으론, 정치에 대한 열정이 대단했던 베스버러 부인조차 겸손하게 자기를 낮추고, 그랜빌 레버스 가워 경에게 편지를 썼지요.

"…정치에 있어서의 제 모든 격렬함과 그 주제에 관해 제가 그토록 많은 말들을 했음에도 불구하고, 어떤 여성도 자기 의견을 내놓는 것(그러라고 요청 받았다면)에서 더 나아가 그 문제에, 또는 다른 중요한 사안에 끼어들어 간섭하면 안 된다는 경의 말씀에 전적으로 동의합니다." 그러면서 그녀는 뭐든 간에 어떤 장애도 없는 것, 그랜빌 경의 하원 초대 연설이라는 극도로 중요한 주제에서 자신의 열정을 계속 펼칩니다. 그건 확실히 이상한 광경이라는 생각이 들었습니다. 여성해방에 대한 남성들의 억압의 역사가 어쩌면 여성해방 그 자체에 관한 이야기보다 더 흥미롭습니다. 거턴이나 뉴넘의 어떤 젊은 학생이 사례들을 모아 하나의 이론을 추론해 낸다면 재미있는 책이 탄생할 거 같습니다— 하지만 손에 낄 두꺼운 장갑과 자신을 단단히 보호할 막대가 필요하겠지요.

베스버러 부인의 책을 덮으며, 지금은 우습게 여겨지는 것이, 한때는 절망적이고 진지한 것으로 받아들여졌다는 생각을 해보았습니다. 어느 여름밤 엄선한 청중한테 읽어 줄 목적으로 책에서 추려서, '수탉 소리'라는 라벨을 붙여 보관했던 이 견해들이 한때는 눈물을 자아내게 만든 것이었다고 여러분한테 장담할 수 있습니다. 여러분의 할머니들과 증조할머니들 가운데서도 많은 이들이 그렇게 눈물을 훔쳤습니다. 플로렌스 나이팅게일*은 비탄에 잠겨 커다란 비명을 질렀지요. 대학에 들어와, 더욱이 자기 자신만의 응접실을─아니면 그냥 침실 겸용의 응접실인가요?─ 가지고 있는 여러분이 천재는 그런 견해들은 무시해야 한다고 해도, 천재는 남한테 들은 말 같은 건 신경 쓰지 않아야 한다고 해도 좋습니다. 불행히도, 남의 말을 가장 신경 쓰는 사람은 엄밀히 말해 천재적인 남자들과 여자들입니다. 키이츠를 생각해 보십시오. 키이츠가 자기 무덤에 새긴 말들을 떠올려 보세요. 테니슨을 생각해 보세요. 그리고 또─ 하지만 자기에 관한 말을 극도로 신경 쓰는 게 예술가의 본성이라는, 만약 운이 아주 좋다면 부정할 수 없는 그 사실에 대해 더 많은 예들을 늘어놓을 필요는 별로 없겠지요. 문학은 타인들의 견해를 무리하게 신경 써 온 사람들의 잔해가 뿌려진 것입니다.

어떤 마음 상태가 창작을 위해서 가장 알맞은가 하는 제 본래의 질문으로 다시 돌아가서, 저는 이런 예민함이 그들을 두 배로 불행하게 만드는 것이라고 생각했습니다. 왜냐하면 자신 속에 들어 있는 작품을 완전무결하게 풀어놓기 위한 그 엄청난 노력이 결실을 맺으려면, 예술가의 마음은 눈부시게 환해야 하기 때문입니다. 『안토니우스와 클레오파트라』가 펼쳐져 있는 책을 바라보며 저는 그건 셰익스피어의 마음 같을

* Florence Nightingale(1820~1910). 현대 간호학의 창시자. 크림전쟁 중 병원장을 지내면서 비위생적인 환경과 감염으로 죽는 사람이 많음을 밝혀내고, 환경을 깨끗하게 하는 노력으로 사망률을 낮췄다.

거라고 추측해 보았습니다. 그 안엔 어떤 장애도 없어야 하고 어떤 낯선 것도 소진되지 않은 채 남아서도 안 됩니다.

비록 우린 셰익스피어의 마음이 어떤 상태였는지에 대해 아무것도 모른다고 말하지만, 심지어 이런 말을 할 때조차 우린 셰익스피어의 마음 상태에 대해 무언가를 말하고 있는 것입니다. 우리가 셰익스피어에 관해 거의 알지 못하는 이유는 어쩌면―던*이나 벤 존슨**이나 밀턴과 비교해 보면― 그의 원한과 악의와 반감들이 우리에게 감춰져 있기 때문일 것입니다. 우린 작가를 연상시키는 어떤 '폭로'로 인해서 방해받지 않습니다. 그에게서는 항의하고 설교하고 상처를 드러내고 원한을 갚고 세상을 어떤 역경과 불만의 목격자로 만들고자 하는 욕구가 다 타버려 소진됐습니다. 따라서 그의 시는 그런 것으로부터 아무 방해도 받지 않고 자유롭게 흐릅니다. 만일 어떤 인간이 자기 작품을 완벽하게 표출시켰다면, 그건 바로 셰익스피어였습니다. 만약 아무 거리낄 것 없는 눈부시게 환한 마음이 있다면 그건 바로 셰익스피어의 마음이라고, 다시 책장으로 돌아서며 저는 생각했습니다.

---

* John Donne(1572~1631). 대표적인 형이상학파 시인으로 런던 세인트폴 성당의 참사원장을 지내기도 했다. 사제 서품을 받기 전에 주로 쓴 세속적인 시들과 더불어 종교적 운문과 논문 및 17세기의 가장 뛰어난 것으로 꼽히는 설교들로 유명하다.
** Ben Jonson(1572~1637). 17세기 영국의 극작가·시인·비평가. 셰익스피어와 동시대에 활약했고, 1616년 계관시인이 되었다.

*4*

16세기에 마음이 그런 상태인 여자를 발견하는 건 명백히 불가능할 것입니다. 아이들이 무릎을 꿇고 두 손을 모은 채 앉아 있는 저 모든 엘리자베스시대 묘비들을, 여자들의 이른 죽음을 떠올리기만 하면 됩니다. 그리고 그들이 살던 집의 어둡고 갑갑한 방들을 보면, 당시 어떤 여자도 시를 쓸 수 없었을 거란 걸 깨닫게 됩니다. 상대적인 자유와 안락함을 이용해 자기 이름으로 무언가를 출간하고 괴물로 여겨질 위험을 무릅쓴 귀부인을 발견할 것이라고 기대하는 건 아마 꽤 시간이 지나서일 것입니다. 남자들은 물론 속물이 아니지만, 저는 레베카 웨스트 양의 '악명 높은 페미니즘'을 조심스레 피하면서 생각을 어어갔습니다. 백작 부인이 시를 쓰려 노력할 땐 그들은 대부분 호의를 가지고 감상합니다. 당시 무명의 오스틴 양이나 브론테 양보다 작위가 있는 귀부인이 훨씬 더 많은 격려를 맞닥뜨렸을 거란 건 예상할 수 있습니다. 하지만 귀부인의 마음 역시 공포나 증오 같은 불편한 감정으로 혼란을 겪었고, 그녀의 시들이 그런 혼란의 흔적을 보여 주리라는 것 또한 예상할 수 있습니다. 저는 윈칠시 부인*의 시집을 꺼내며, 부인이 그 예라고 생각했습니다. 그녀는 1661년에 태어났습니다. 그녀는 귀족 가문에서 태어나 귀족과 결혼했습니다. 그녀에겐 자식이 없었습니다. 그녀는 시를 썼습니다. 그녀가 여성의 지위에 대해 분통을 터뜨렸다는 건 그녀의 시집을 펼치면 금방 알 수 있습니다.

우린 어떻게 추락했을까! 잘못된 법들로 인해
천성적인 바보들이기보다는 교육에 의해서
정신을 고양시키는 모든 것들에서 배제되어
바라던 대로, 계획했던 대로 아둔해졌지
설혹 누군가 더욱 따뜻해진 환상으로 야망이 억눌린
저 나머지 사람들 위로 솟아오르려 해도
반대 당파는 여전히 그토록 강해 보이고
밀고 나가려는 희망은 절대 공포를 못 넘어서네


그녀의 마음은 결코 "모든 장애들을 다 삼켜 버리고 환히

* 앤 핀치(Anne Finch), 윈칠시 백작부인(Countess of Winchilsea, 1661~1720). 왕정복고시대(찰스 2세)에 활약한 가장 주목할 만한 시인들 중 하나로『정치적 이데올로기, 종교적 방향성, 미적 감수성』을 썼다. 그녀의 시는 종종 문학의 틀 속에서 여성 시인으로 자리하는 것의 어려움을 개탄하고 있다. 대표적으로『분노(Spleen)』등이 있다.

빛나는" 것이 분명히 아니었습니다. 그 반대로 증오와 슬픔에 시달리는 산만한 것이었습니다. 그녀에게 인간은 두 종족으로 갈라집니다. 남자들은 "반대 당파"인 거지요. 남자들은 증오와 두려움의 대상이 되었습니다. 그녀가 하고 싶어 하는 것, 즉 글 쓰는 일을 가로막을 수 있는 힘을 가졌기 때문입니다.

　애통해라! 글을 써보고자 하는 여자는
　그토록 주제넘은 형상으로 여겨지는구나
　그 잘못은 어떤 미덕으로도 보상할 수 없는 것이군
　그들은 우리에게 말하네,
　우리가 우리 성별과 길을 착각했다고
　예의범절, 유행, 춤, 옷치장, 유희
　이게 우리가 성취하길 소망해야 할 것이라고
　쓰기, 읽기, 생각하기, 탐구하기는
　우리의 아름다움에 구름을 드리우고 우리 시간을 소모하는 것,
　우리가 전성기일 때 남자 마음 사로잡는 걸 방해하는 것이라네
　반면 굴욕적으로 멍하니 집안일을 관리하는 것이
　우리한테 최상의 예술이고, 우리가 쓸모 있어지는 길이라네

　사실상 그녀는 자신이 쓰는 게 절대 출간되지 않을 거라 짐

작하며 스스로를 격려했고 슬픈 노래로 자신을 달랬습니다.

내 얼마 안 되는 친구들에게, 그대들의 슬픔이 노래하네
저 월계나무숲이 그대들을 위한 게 절대 아니라 해도,
그대들 그림자 충분히 어두우니, 그대들은 거기서 만족하기를

그럼에도, 그녀가 증오와 공포에서 벗어나 비탄과 적개심을
쌓아 두지 않을 수 있었더라면 그녀 안의 불길이 뜨거웠으리
란 건 자명합니다. 이따금 순수한 시어들이 나옵니다.

바래어 가는 실크에도 새기지 않으리
저 견줄 데 없는 장미를

이것들은 당연히 머리 씨*의 찬사를 받았고, 포프는 다른
시구를 기억해 뒀다가 자기 작품에 사용한 것으로 보입니다.

이제 수선화는 허약한 정신을 녹초로 만들고
우리는 그 향기로운 고통 아래서 정신을 잃네

마음이 자연으로 향하고 그걸 비출 때는 이렇게 쓸 수 있
었던 여인이 분노와 비탄에 억눌려야 했다는 건 유감천만입

* John Middleton Murry(1889~1957). 영국의 언론인·평론가.

니다. 하지만 그녀가 달리 어쩔 수 있었을까요? 저는 비웃음과 폭소, 아첨꾼들의 찬사, 전문 시인의 회의적인 시선을 상상하며 질문을 던졌습니다. 그녀는 글을 쓰기 위해 시골 방에 틀어박혀서, 어쩌면 비탄과 망설임으로 갈가리 찢겼을 것입니다. 설사 그녀의 남편이 아주 상냥한 사람이었고 그들의 결혼이 완벽했을지라도요. '그랬을 것'이라고 저는 말합니다. 윈칠시 부인에 관한 사실들을 찾아보려 하니 여느 때처럼 그녀에 관해 알려진 게 거의 없다는 걸 발견했기 때문입니다. 그녀가 우울로 인해 극심한 고통을 받았다는 것은, 우울에 사로잡힌 그녀가 어떤 상상을 했는지 그녀가 우리한테 하고 있는 말을 찾아보면 최소 얼마쯤은 설명할 수 있을 것입니다.

나의 시들은 비난당했고, 내 소일거리는
쓸모없고 허튼 짓이거나 주제넘은 잘못으로 여겨졌네

그렇게 비난받았던 그 소일거리는, 우리가 알 수 있는 바로는 들판을 어슬렁거리고 사색하는, 무해한 것이었습니다.

특별한 것들, 익숙하고 상식적인 길에서 벗어난 것들을 더듬으며
내 손은 즐거워하네
바래어 가는 실크에도 새기지 않으리
저 견줄 데 없는 장미를

만일 저런 게 그녀가 즐겨 하는 것이었고 저런 게 그녀의 즐거움이었다면, 자신이 당연히 비웃음을 사게 되리란 걸 그녀도 예상할 수밖에 없었을 것입니다. 그러므로 게이*나 포프도 그녀를 "끄적거리고 싶어 안달 난 블루스타킹"**이라 빈정거렸겠지요. 그녀 역시 게이를 비웃고 그를 불쾌하게 만들었다고 합니다. 그녀는 그가 쓴 『트리비아』가 "그가 의자에 걸터앉기보다는 그 앞에서 걸어다니는 게 적합한 사람임을 보여 주었다"고 말했습니다. 하지만 머리 씨는 이건 모두 "미심쩍은 뒷담화"고 "시시한 얘기"라고 말합니다. 그러나 저는 거기에 동의하지 않습니다. 들판 쏘다니기를 즐기고 평범치 않은 것들을 생각했던, 그토록 무모했고 그토록 현명치 못하게 "굴욕적으로 멍하니 집안일을 관리"한다고 냉소했던 이 우울한 숙녀에 대해 더 잘 이해할 수 있으려면, 혹은 어떤 이미지를 만들어 보려면 더 많은 미심쩍은 공론을 알고 싶은 게 당연하니까요. 하지만 머리 씨는 그녀가 산만해졌다고 말합니다. 잡초에 섞여 자란 그녀의 재능은 뇌와 묶여 버렸습니다. 탁월하게 빼어난 재능 그 자체만을 보여 줄 기회는 전혀 없었습니다. 그래서 저는 그녀를 도로 책 선반에 올려놓고, 램이 사랑했던 변덕스럽고 굉장히 멋졌던 다른 위대한 숙녀, 그녀보다 연장자

---

* John Gay(1685~1732). 영국의 시인·극작가. 유머 넘치는 풍자와 탁월한 기교가 두드러지는 작품 『거지 오페라』로 유명하다. 가장 탁월하다는 평가를 받는 시 「트리비아 : 런던 거리를 걷는 법」은 운율과 어법을 탁월하게 구사했다고 평가된다.
** bluestocking. 18세기 영국 사교계에서 문학에 심취한 여자를 일컫는 말로 쓰였다.

였지만 동시대를 살았던 뉴캐슬 공작 부인 마가렛*한테로 돌아섰습니다. 그들은 매우 달랐지만, 둘 다 귀족이었고 둘 다 자식이 없었고 둘 다 최고의 남편감과 결혼했다는 점이 같았습니다. 둘 다 시에 대한 열정을 불태웠고 같은 이유로 둘 다 평판을 잃고 불구가 되었습니다. 공작부인의 책을 펴보면, 같은 분노를 터뜨린 게 보입니다. "여자들은 박쥐나 올빼미처럼 살고, 짐승들처럼 노동을 하고, 벌레처럼 죽습니다…" 마가렛 역시 시인이었을지도 모릅니다. 우리 시대라면 저 모든 활동이 일종의 동력이 되었겠지요. 사실 교육받지 않은 거칠고 풍부한 지성을 어떻게 묶어 두거나 길들이거나 문명화시켜 인류에 쓰이게 할 수 있었겠어요? 그건 운문과 산문, 시와 철학의 급류를 타고 뒤죽박죽으로 쏟아져 나왔고 아무도 절대 읽지 않는 4절판과 2절판 책에 응결되어 꽂혀 있습니다. 그녀는 손에 현미경을 들어야 했습니다. 그녀는 별들을 관찰하고 과학적으로 추론하는 법을 배워야 했습니다. 고독과 안이함으로 인해 그녀의 재능은 변했습니다. 아무도 그녀의 상태를 살피지 않았습니다. 아무도 그녀를 가르치지 않았습니다. 교수들은 그녀한테 알랑거렸습니다. 궁정에서는 그녀를 야유했습니다. 에거튼 브리지스 경**은 그녀가 거칠다고 투덜거렸습니다―"궁정의 신분 높은 귀족으로 자란 여성한테서 나온 것으

---

* Margaret Lucas Cavendish(1623~1673). 17세기 영국 귀족·시인·소설가·철학자. 대부분의 여성 작가들이 익명으로 출판했지만 그녀는 자신의 실명으로 책을 출판했다.

** Sir Samuel Egerton Brydges(1762~1837). 영국의 작가·계보학자.

론”. 그녀는 홀로 웰벡에 틀어박혔습니다.

마가렛 캐번디시를 생각하면 그 쓸쓸함과 난폭함이 떠오릅니다! 저절로 뻗어 나간 어떤 거대한 오이가 정원의 모든 장미와 카네이션들을 덮쳐서 질식시켜 죽게 만드는 것처럼요. “가장 품위 있는 여성이란 마음이 가장 서민적인 그런 여성입니다”라고 썼던 여자가 말도 안 되는 것들을 끄적거리며 시간을 낭비하다 아예 모호하고 어리석은 것들 속으로 더 깊숙이 곤두박질쳐서, 급기야 그녀가 집 밖으로 나오면 사람들이 그녀의 마차를 빙 에워쌀 지경이 되었다는 건 얼마나 안타까운 일인가요. 미친 공작 부인은 명백히 똑똑한 소녀들을 놀라게 하는 유령이 되었습니다. 지금 저는 도로시 오즈번*이 공작 부인의 새 책에 관해 템플에게 편지를 썼던 걸 기억해 냈고, 공작 부인의 책을 밀어 놓고 도로시를 펼쳤습니다. “이 가여운 여인은 약간 정상이 아니에요. 부인이 과감하게 책을, 또한 그걸 시로 쓰려 할 때만큼 우스꽝스러운 건 없어요. 제가 2주 내내 잠을 잘 수 없대도 저리 되진 않을 거예요.”

정숙하고 지각 있는 여성이라면 아무도 책을 쓸 수 없었기 때문에, 그래서 공작 부인과는 정반대로 기질적으로 매우 민감하고 감상적이었던 도로시는 아무것도 쓰지 않았습니다. 편지들만 빼고 말이죠. 여자니까 자기 아버지의 병상을 지키고 앉아 있으면서 편지를 썼을지도 모르지요. 남자들이 이야

---

* Dorothy Osborne(1627~1695). 영국의 귀부인. 훗날 남편이 된 윌리엄 템플에게 쓴 편지로 유명하다.

기를 나누는 동안 그들을 방해하지 않고 난롯가에서 쓸 수도 있었겠네요. 도로시의 서간문들을 넘기며, 타고난 능력으로 혼자 문장을 완성하고 장면을 그려 낼 수 있었던 그 재능이 신기하다는 생각이 들었습니다. 계속 그녀 말을 들어 보지요.

"저녁을 먹은 후 우리는 앉아 얘기를 나누었는데 B씨가 물어볼 것이 있어서 들어왔고 저는 밖으로 나갔습니다. 독서를 하거나 일을 하다 보니 한낮의 열기가 다 가셔 있었고, 저는 6, 7시쯤 나가서 공유지로 걸어갔는데 아주 많은 소녀들이 양과 소들을 지키며 그늘에 앉아 민요를 부르고 있었어요. 저는 그 애들한테 다가갔고 그 애들의 목소리와 아름다움을 책에서 봤던 어떤 고대 양치기 처녀들과 비교해 보았습니다. 거기엔 커다란 차이가 있다는 걸 발견했지만, 정말이지 저는 그 애들이 그 양치기 처녀들만큼이나 순수하다고 생각합니다. 저는 그 애들한테 말을 걸었고, 그 애들을 세상에서 가장 행복한 사람으로 만들기 위해 필요한 건 더 이상 없다는 걸 알게 됐습니다. 그 애들이 그걸 모른다는 것만 빼면요. 우리가 한참 얘기 중일 때 누군가 한 소녀를 두리번거리며 찾다가 그애의 소가 옥수수밭으로 들어가 버린 걸 보고선 모두 뛰기 시작했습니다. 발꿈치에 날개라도 단 것처럼 말이에요. 저는 그렇게 민첩하지 않아 뒤에 남았고, 그 애들이 각자 가축들을 집으로 몰고 가는 걸 보며 저 또한 돌아갈 시간이라고 생각했습니다. 저녁을 먹고 저는 정원으로 들어갔고, 제가 앉은 옆으로 흐르는 작은 시냇물을 보면서 당신이 옆에 있으면 좋겠다는 생각을 했습니다……."

그녀한테 작가가 될 소질이 있다고 맹세하라면 할 수도 있을 것 같습니다. 하지만 "제가 2주 내내 잠을 잘 수 없대도 저리 되진 않을 거예요."라고 썼듯 심지어 글쓰기에 재능이 있다는 걸 입증한 여자도, 여자가 책을 쓰는 건 우스꽝스럽고 심지어 정상이 아니란 걸 보여 주는 것이라 믿은 걸 보면, 여성의 글쓰기에 대한 저항감이 어느 정도인지 가늠해 볼 수 있습니다. 저는 도로시 오즈번의 짧은 한 권짜리 서간문을 책꽂이에 도로 올려놓으며 생각을 계속 이어갔고, 그래서 우린 벤 부인*한테 갑니다.

그리고 길 위에서 벤 부인과 함께 우리는 아주 중요한 모퉁이를 돕니다. 2절판 책들 사이에 갇힌, 독자나 비평도 없이 자신의 기쁨 하나만을 위해 글을 썼던 그 고독하고 위대했던 귀부인들을 뒤로하고 떠나는 것입니다. 우리는 시내로 와서 거리의 평범한 사람들하고 어깨를 부딪칩니다. 벤 부인은 온통 활기차고 용기 있고 쾌활한 서민적 미덕을 갖춘 중산층 여성이었습니다. 남편의 죽음과 그녀 자신의 어떤 불행했던 사건들은 어쩔 수 없이 그녀를 재주껏 스스로 살아가게 만들었습니다. 그녀는 남자들과 대등히 일해야 했습니다. 아주 열심히

---

* Aphra Behn(1640~1689). 영국의 극작가·소설가·시인. 글쓰기를 생업으로 삼은 영국 최초의 여성이다. 재치와 재능으로 명성을 얻었으며, 찰스 2세에게 고용되어 네덜란드에서 첩보 활동을 했다. 보수를 받지 못하는 바람에 빚을 못 갚아 징역살이를 하게 되자, 생계를 꾸리기 위해 글쓰기를 시작했다.

일해서 그녀는 먹고살기 충분한 돈을 벌었습니다. 그건 그녀가 실제로 썼던 것, 심지어 그 찬란한 「내가 만든 천 명의 순교자들」이나 「환상적인 승리 안에 사랑이 깃드네」조차 능가하는 중요한 사실입니다. 왜냐하면 여기서 정신의 자유가 시작되기, 아니 그보단 마침내 쓰고 싶은 걸 쓸 수 있게 마음이 자유로워질 수 있는 가능성이 시작되기 때문입니다. 애프라 벤이 그런 일을 해냈기에 이제 딸들은 자기 양친한테 가서, "저한테 용돈 주실 필요 없어요. 글을 써서 돈을 벌 수 있어요"라고 할 수도 있었습니다. 물론 오랜 세월 나온 대답은, "그래, 애프라 벤처럼 살아서 돈을 벌겠단 말이지! 차라리 죽는 게 낫겠구나!"였고 어느 때보다 더 빨리 문이 쾅 닫혔죠. 여기서, 남성이 여성의 순결에 부여한 가치와 그것이 그들의 교육에 미친 영향이라는 이 심오하게 흥미로운 토론 주제가 떠오르는데, 거턴이나 뉴넘의 학생 중 누가 이 문제에 좀더 관심이 있다면 흥미로운 책을 준비해 볼 수도 있겠네요. 다이아몬드에 휘감겨 스코틀랜드 황야의 각다귀들 한가운데 앉아 있는 더들리 부인을 그 책의 첫 머리 삽화로 쓸 수도 있겠고요. 타임지는 더들리 부인이 죽고 나서 더들리 경에 대해 이렇게 말했습니다. "많은 업적을 남긴 세련된 취향을 가진 남자로서, 자애롭고 후했지만 변덕스럽고 독재적이었다. 그는 아내가 늘 정장을 입을 것을 주장했고, 심지어 스코틀랜드 북부 외딴 사냥터 막사에서조차 그랬다. 그는 몹시 값나가는 보석들을 그녀에게 안겼다." 그리고 이렇게 계속하지요. "그는 그녀에게 모든 것을 주었다— 늘 거기서 책임감만 덜어내고 말이다." 더들리 경은 뇌졸중을 앓았고 그녀는 그를 간호했으며 그 후론 아주 뛰어난 능력으로 죽 그의 영지를 다스렸습니다. 19세기에도 그런 변덕스러운 절대 권력이 있었습니다.

하지만 다시 돌아오죠. 애프라 벤은 어쩌면 어떤 쾌적한 자질들을 희생시켰을 수도 있으나, 글쓰기로 돈을 벌 수 있다는 것을 입증했습니다. 그래서 점차 글쓰기는, 단순히 어리석음이나 정신이 이상해진 징후가 아니라 실질적인 중요성을 띠게 되었습니다. 남편이 죽을 수도 있고, 어떤 재난이 가족을 덮칠 수도 있을 테니 말입니다. 18세기가 되면서 수백 명의 여자들이 번역을 하거나, 교과서에서도 더는 언급되지 않지만 체링 크로스가에서 박스에 담겨 4페니에 팔렸던 무수한 저급 소설들을 써서, 자기들 용돈에 보태거나 가족을 먹여 살릴 돈을 만들어 냈습니다. 18세기 후반의 여자들에게서 나타난 극단적인 정신 활동은—대화, 모임, 셰익스피어에 관한 에세이, 고전 번역— 여성도 글쓰기로 돈을 벌 수 있다는 확고한 사실을 토대로 한 것이었습니다. 돈은 대가가 주어지지 않으면 하찮을 것에도 위엄을 부여합니다. 여전히 "끄적거리고 싶어 안달 난 블루스타킹"이란 비웃음을 샀을지도 모르지만, 그들이 지갑 속에 돈을 가질 수 있다는 게 부정될 순 없었겠지요. 그리하여 18세기 말을 향해 가면서 어떤 변화가 일어났는데 그건, 제가 만약 역사를 다시 쓴다면 더욱 온전히 기술하고, 십자군이나 장미의 전쟁보다 더 중요하다고 생각할 수밖에 없었을 그런 것입니다. 바로 중산층 여성들이 글을 쓰기 시작했다는 것이죠. 만약 『오만과 편견』*이 중요한 것이라면, 『미들마치』**와 『빌레트』***가, 『폭풍의 언덕』****이 중요한 것이라면, 단순히 자기가 쓴 책들과 아첨들에 둘러싸여 시골 별장에 칩거했던 그 외로운 귀족들뿐 아니라 일반 여성들이 글을 썼다는 그 중요성은 제가 한 시간짜리 강연에서 입증할 수 있는 것보다 훨씬 더한 것입니다. 그런 선두 주자들이 없었으면 제인 오스틴과 브론테 자매와 조지 엘리엇은 아무것도 쓸 수 없었겠지요. 셰익스피어가 말로 없이는, 혹은 말로가 초서 없이는, 혹은 먼저 길을 닦고 자연 상태의 거친 혀를 길들였던 그런 잊혀진 시인들이 없었다면 초서가 아무것도 쓸 수 없었을 것처럼 말입니다. 왜냐하면 걸작이란 혼자 외톨이로 태어나는 게 아니기 때문입니다. 그것들은 숱한 세월을 거치며 사람들이 형상화한 공통적인 사고의 산물이고, 따라서 하나의 목소리 뒤에는 집단의 경험이 있는 것입니다. 제인 오스틴은 파니 버니의 무덤에 화환을 올려놓았어야 했고, 조지 엘리엇은 엘리자 카터*****—일찍 일어나 그리스어를 공부하려고 침대 틀에 종을 묶어 놓았던 씩씩한 노부인—의 풍성한 그늘에 경

---

* Pride and Prejudice. 18세기 후반 영국 중류 계급의 결혼 문제를 둘러싼 이야기로, 남녀 주인공의 심리적 갈등을 섬세하게 묘사하고 있는 제인 오스틴의 대표작.

** Middlemarch. 조지 엘리엇이 1871년과 1872년에 걸쳐 발표한 소설.

*** Villette. 샬럿 브론테가 1853년에 발표한 소설.

**** Wuthering Heights. 에밀리 브론테의 유일한 소설이자 유작 소설.

***** Elizabeth Carter(1717~1806). 영국의 시인·소설가·번역가.

의를 표했습니다. 모든 여성이 다 함께 웨스트민스터 대성당에 안치된—그건 엄청난 물의를 빚었지만 꽤 적절했습니다—애프라 벤의 무덤에 꽃을 뿌려야 합니다. 여성들이 자신들의 마음을 말할 권리를 벌어 준 건 바로 그녀였기 때문입니다. 제가 오늘 밤 여러분에게 이리 말하는 걸 허황하게 들리지 않도록 만든 게 그녀—비밀스럽고 요염했던—입니다. 여러분들 재량으로 1년에 500파운드를 버세요.

자, 이젠 19세기 초로 와 있습니다. 그리고 여기서 처음으로, 전부 여성의 작품들로만 채워진 몇 개의 선반들을 발견했습니다. 하지만 그것들을 눈으로 훑으면서 저는 묻지 않을 수 없었습니다. 이것들은 왜 거의 예외 없이 모두 소설일까요? 최초의 욕망은 시를 쓰는 것이었지요. '노래의 최고 일인자'는 여성 시인이었습니다. 프랑스와 영국 모두 여성 시인들이 여성 소설가들보다 먼저 있었습니다. 게다가, 저는 네 개의 저명한 이름들을 바라보며 생각했지요. 조지 엘리엇이 에밀리 브론테하고 어떤 공통점이 있었을까요? 샬럿 브론테는 제인 오스틴을 전적으로 이해하지 못한 게 아니었나요?* 어쩌면 이들 중 어느 누구도 자식이 없었다는 사실만 제외하면, 이 이상 안 어울릴 수 없는 네 인물이 한 방에서 함께 만날 리는 없었을 것입니다—모임을 주선해 이들 사이의 대화를 꾸며 보고 싶어 군침이 도는 만큼 말입니다. 그럼에도 어떤 이상한 강

---

* 샬럿 브론테는 제인 오스틴의 작품에 등장하는 사랑에는 정열이 빠져 있다고 비판했다.

앞에선지 이들 모두 글을 쓸 때 소설을 쓰지 않을 수 없었습니다. 그게 중산층으로 태어난 것과 어떤 연관이 있는 것일까요?, 저는 질문을 던져 보았습니다. 좀 지나 에밀리 데이비스 양*이 아주 인상적으로 설명했던, 19세기 초반 중산층 가족은 한 응접실을 같이 썼다는 사실과도요? 만약 여성이 글을 썼다면, 그녀는 공동으로 사용하는 방에 앉아 써야 했을 것입니다. 그리고 나이팅게일 양이 이렇게 격렬하게 불평했던 것처럼—"여자들한텐 결코 30분의 시간도 없어요……. 자기만의 것이라 부를 수 있는 시간 말예요."— 그녀는 늘 방해를 받았습니다. 그래도 거기서 산문이나 픽션을 쓰는 건 시나 희곡을 쓰기보단 쉬웠겠지요. 집중력이 덜 요구되니까요. 제인 오스틴은 죽는 날까지 그런 식으로 썼습니다. "어떻게 숙모님이 이 모든 걸 이루어 낼 수 있었는지," 그녀의 조카는 회고록에서 이렇게 말하고 있습니다. "정말 놀랍습니다. 숙모님은 자주 찾을 독립된 서재가 없어서 대부분의 작업을 갖가지 일상적인 일들로 방해받기 십상인 공동 응접실에서 해야만 했으니까요. 자신이 하는 일이 하인이나 방문객들, 또는 식구 아닌 어느 누구의 의심도 사지 않도록 신중해야 했습니다." 제인 오스틴은 자신이 쓴 원고들을 감추어 두거나 압지押紙로 덮어 놓았습니다. 자, 게다가 19세기 초에 여자들이 가졌던 문

---

* Sarah Emily Davies(1830~1921). 여성의 대학교육을 주창하는 운동의 선구자이며 케임브리지대학교 거턴 칼리지를 창설한 중심인물. 1870년 런던의 유니버시티 칼리지에 여성을 입학시키기도 했다.

학 훈련이란 인물을 관찰하고, 감정을 분석하는 게 다였습니다. 그녀의 감수성은 수세기 동안 공동으로 사용됐던 응접실의 영향을 받으며 길러져 왔습니다. 사람들의 감정이 그녀에게 인상을 끼쳤습니다. 개개인들의 관계가 늘 그녀의 눈앞에 있었습니다. 그리하여 중산층 여성들은 글을 쓰기 시작하자, 당연히 소설을 썼습니다. 비록 여기 거론된 네 저명한 여성들 중 둘은, 충분히 드러났다시피 천부적인 소설가가 아니었더라도 말입니다. 에밀리 브론테는 시극詩劇을 썼어야 했습니다. 조지 엘리엇의 그 넘쳐흐르는 방대한 정신은, 그 창조적 욕망이 역사나 전기 쪽에 쓰였으면 널리 뻗어 나갔을 것입니다. 그렇지만 그들은 소설을 썼습니다. 저는 선반에서 『오만과 편견』을 집어 들었습니다. 심지어 그들이 훌륭한 소설을 썼다고 말할 수도 있겠지요. 상대 성한테 잘난 척하거나 고통을 주지 않으면서도 『오만과 편견』은 좋은 책이라고 말할 수 있을지 모릅니다. 어쨌든 『오만과 편견』을 쓰는 걸 들켰대도 부끄러워하지 않을 수 있었단 말입니다. 그럼에도 제인 오스틴은 경첩이 삐걱대는 걸 다행으로 여겼습니다. 누군가 들어오기 전에 원고를 감출 수 있도록 말입니다. 제인 오스틴한테는 『오만과 편견』을 쓰는 게 뭔가 불명예스러웠습니다. 저는 궁금했습니다. 제인 오스틴이 방문객들로부터 원고를 숨길 필요가 있다고 생각하지 않았다면, 『오만과 편견』은 더 좋은 원고가 되었을까요? 그런가 보려고 한두 페이지를 읽었습니다만, 그녀가 처했던 환경이 아주 조금이라도 작업에 해를 끼쳤던 흔적은 보이지 않았습니다. 어쩌면 그게 가장 주요한 기적이었습니다. 여기, 약 1800년쯤에 한 여자가, 증오도 없이 비애도 없이 공포도 없이 반항심도 없이 남을 훈계하려 들지도 않으면서 글을 쓰고 있었습니다. 저는 『안토니우스와 클레오파트라』를 쳐다보면서, 이게 바로 셰익스피어가 썼던 식이라고 생각했습니다. 셰익스피어와 제인 오스틴 둘 다 마음의 찌꺼기를 모두 소진해 버렸기 때문에 사람들이 이 둘을 비교하는 건지도 모릅니다. 그리고 그 이유로 우리는 제인 오스틴을 모르고 셰익스피어를 모르며, 바로 그 이유로 제인 오스틴은 그녀가 썼던 단어 하나하나에 스며들어 있고, 셰익스피어도 마찬가지입니다. 만일 제인 오스틴이 자신의 환경으로부터 어떻게든 고통을 당했다면 그건 그녀한테 부여된 삶의 협소함 때문이었을 겁니다. 여자가 혼자 돌아다니는 건 불가능했습니다. 그녀는 결코 여행을 한 적도 없었습니다. 혼자 승합 마차를 타고 런던 시내를 나가 본 적도, 식당에서 점심을 먹은 적도 결코 없었습니다. 하지만 자신한테 없는 것을 바라지 않는 게 어쩌면 그녀의 천성이었을지도 모르지요. 그녀의 재능과 환경은 서로 완벽하게 잘 어울렸습니다. 하지만, 『제인 에어』를 펼쳐서 『오만과 편견』 옆에 놓으며, 저는 말했지요. 그것이 샬럿 브론테한테도 맞는 말일지 의심스럽다고 말입니다.

저는 12장을 펼쳤고, 제 눈은 이 문구에 사로잡혔습니다. "그러고 싶으면 누구든 나를 비난해도 좋다." 무엇 때문에 사람들이 샬럿 브론테를 비난하고 있었던 것일까요? 궁금했습니다. 저는 페어펙스 부인이 젤리를 만들고 있을 때 제인 에어가 어떻게 지붕에 올라가 아스라이 펼쳐진 들판을 내려다보곤 했었는지를 읽었습니다. 그리고 제인 에어는 갈망합니다─사람들이 그녀를 비난했던 게 이것 때문이었군요─"그때 나는 들어 본 적은 있어도 한 번도 본 적은 없는 분주한 세상에, 도시들에, 활기 넘치는 지역들에 닿을 수 있는, 어떤 경계도 뛰어넘어 아주 먼 곳을 볼 수 있는 시력을 갖기를 갈망했다. 그때 나는 내가 가진 것보다 더욱 실질적인 경험을 쌓게 되기를, 나 같은 부류의 사람들과 더 많은 교제를 하고, 여기서 늘 마주치는 것보다 더 다양한 개성의 사람들과 알고 지내길 원했다. 나는 페어펙스 부인의 선한 점, 아델의 착한 점을 높이 평가했지만, 이와는 다른, 그리고 더욱 생생한 부류의 선량함이 존재한다고 믿었고 내가 믿는 것을 보기를 소망했다."

"누가 나를 비난하는가? 분명 많은 사람들이. 나는 불만스러운 사람이라 불릴 것이다. 나도 어쩔 수 없었다. 나는 천성적으로 불안했다. 불안이 때때로 고통스러울 만큼 나를 휘저었다……."

"인간들이 평온한 상태에 만족해야 한다고 하는 건 아무 근거 없는 말이다. 사람들은 반드시 행동해야 한다. 만일 할 일을 찾을 수 없다면 만들어 낼 것이다. 수백만의 사람들이 나보다도 더 고요한 운명으로 살 것을 선고받았고, 수백만의 사람들이 운명에 저항해 조용한 반란을 일으킨다. 몸을 웅크리고 있는 사람들의 이 거대한 삶에 얼마나 많은 반역의 기운들이 움트고 있는지는 아무도 모른다. 여자들은 대개 아주 침착할 것으로 여겨진다. 하지만 여자들은 남자들이 느끼는 것과 똑같이 느낀다. 그들의 남자 형제들만큼이나 능력을 쌓기 위한 훈련이 필요하고, 그들이 힘을 쏟을 분야가 필요하다. 그들은 남자들과 똑같이 너무 엄격한 제한과 절대적인 침체로 인해서 고통받는다. 같은 생명체임에도 더 많은 혜택을 받는 동료들이, 여자들은 푸딩을 만들고 스타킹을 깁고, 피아노를 치고, 가방에 자수 놓는 일이나 해야 한다고 말하는 건 너무 편협하다. 성 역할에 필요한 것이라고 관습이 선언한 것보다 더 많은 일을 하고 더 많은 것을 배우려 한다고 여자들을 경멸하거나 비웃는다면 그건 지각없는 짓이다."

"그렇게 혼자 있을 때, 아주 가끔이라고 할 수 없을 정도로 그레이스 풀의 웃음소리를 들었다……"

여기서, 어색한 제동이 걸렸다는 생각이 들었습니다. 뜬금없이 그레이스 풀을 마주치는 건 당황스럽습니다. 연속성이 흐트러집니다. 『오만과 편견』 옆에 책을 내려놓으며, 저는 계속 생각했습니다. 누군가는 저런 페이지들을 쓴 여자가 제인 오스틴보다 더한 천재성을 품고 있다고 할지도 모르겠지만, 반복해서 저걸 읽어 보고 그 안의 경련들을, 분노를 세어 보면, 그녀가 자기의 천재성을 결코 전적으로 다 표출할 수 없게 되리란 걸 알 수 있을 거라고 말입니다. 그녀의 책은 뒤틀리고 불구가 될 것입니다. 침착히 써야 할 곳을 분노에 사로잡혀서 쓸 것입니다. 현명하게 써야 할 곳을 어리석게 쓸 것입니다. 자신의 등장인물들에 관해 써야 할 곳에서, 자기 자신에 대해 쓸 것입니다. 그녀는 자신의 운명과 전쟁 중입니다. 좌절해서 경련을 일으키며 일찍이 생을 마감하는 것 말고 달리 그녀가 어쩔 수 있었을까요?

잠시 이런 상상을 가동시킬 수밖에 없었습니다. 만약 샬럿 브론테한테 1년에 300파운드가 생긴다고 하면 어땠을까요. 하지만 그 어리석은 여인은 1,500파운드에 자기 소설의 저작권을 완전히 팔아 버렸습니다. 분주한 세계와 마을들과 활기 가득한 지역들에 대해 더 많은 지식을 가졌더라면, 좀더 실질적인 경험을 쌓고, 비슷한 부류의 사람들하고 교류하고 다양한 인물들과 만났더라면 어땠을까요. 저런 말들에서 그녀는 소설가로서의 자신의 약점들뿐 아니라, 저러한 시대, 그녀의 성性이 겪었던 장애들을 정확히 짚어 내고 있습니다. 그녀는 자신의 천재성이 저 먼 들판을 바라보는 고독한 시선 속에서 소모되지 않았더라면, 만약 경험을 쌓고 교류를 하고 여행하는 일이 자신에게 허락되었다면 얼마나 막대한 이득을 봤을 것인지, 어느 누구보다 잘 알고 있었습니다. 하지만 그런 것들은 허락되지 않았습니다. 그런 것들은 억눌러졌습니다. 그리고 우리는 이 모든 훌륭한 소설들, 『빌레트』, 『엠마』, 『폭풍의 언덕』, 『미들마치』가, 고상한 목사관에 들어가는 그 이상의 경험은 할 수도 없었던 여자들에 의해 쓰였다는 사실을, 또 『폭풍의 언덕』이나 『제인 에어』를 쓰기 위한 종이 몇 첩도 한 번에 살 능력이 없던 그토록 가난했던 여자들에 의해, 점잖은 집 공동 응접실에서 쓰여졌다는 사실을 받아들여야 합니다. 그런 이들 중 하나인 조지 엘리엇이 많은 시련 후에 탈출했던 건 사실이지만, 거긴 고작 센 존스 숲의 외딴 별장이었습니다. 그녀는 그곳에서 세상이 인정하지 않는 그늘에 정착했습니다. "저는 이 점이 이해되길 바랍니다"라고 그녀는 썼습니다. "초대해 달라고 요청하지 않았던 분들 중 어느 누구한테도 제가 저를 보러 와달라고 해선 결코 안 되겠지요." 그녀가 유부남과 부도덕하게 동거해서, 스미스 부인이든 누구든 잠시 들를 기회를 갖게 된 방문객의 정숙함을 손상시키는 것으로 비춰질까 봐 안 되었던 것일까요?* 사회적 관습에 복종해야 하고 '세상이라 불리는 것에서 단절'돼야 하니까요. 같은 시기 유럽의 다른 쪽에선 한 젊은 남자가 여기선 집시, 저기선 귀족 여인과 자유롭게 살고 있었습니다. 전쟁에도 나갔고, 나중에 책을 쓸 때 눈부신 도움이 되었던 인간 삶의 그 모든 다양한 경험들을 아무 방해도 구속도 받지 않고 하면서 말입니다. 만약 톨스토이가 '세상이라 불리는 것과 단절'되어 유부녀와 함께 프라이어리**에 은둔해서 살았다면, 그가 도덕성을 함양하는 덴 기여했을지 몰라도, 『전쟁과 평화』를 쓰기란 거

---

* 조지 엘리엇은 자유주의 사상을 지닌 젊은 문인들을 많이 만났는데, 그중 저널리스트 조지 헨리 루이스가 있었다. 그는 유부남이었지만 당시의 이혼 금지법 때문에 이혼하지 못하고 별거한 상태였다. 루이스가 사실상 전 부인과의 관계가 끝난 상태였기 때문에 엘리엇은 자신이 두 번째 아내라고 생각했지만 그래도 이들의 관계를 부정적으로 보는 당대 사회적 관습에서 완전히 자유롭진 못했다.

** the Priory. 1864년 조지 엘리엇이 유부남 조지 헨리 루이스와 살았던 조지 엘리엇의 런던 노던 뱅크의 집을 가리킨다.

의 불가능했을 것 같습니다.

하지만 어쩌면, 소설 쓰기와 성#이 소설가들한테 끼치는 영향에 관한 질문으로 좀더 깊이 들어가 볼 수도 있을 것 같군요. 만약 눈을 감고 소설을 하나의 통일체로 생각해 보면, 비록 숱한 단순화와 왜곡이 있긴 해도 그건 삶과 똑같은 거울을 가진 어떤 창조물 같을 것입니다. 어쨌든 마음의 눈에 형체를 남기는 것은 구조입니다. 어떤 광장에 지어진, 이제 탑 모양을 갖추고 부속 건물들과 회랑이 뻗어 나가고 콘스탄티노플의 성 소피아 성당처럼 견고하게 잘 짜인 지붕을 인 그런 구조 말입니다. 어떤 유명한 소설들을 돌이켜 보면, 그 형태는 그것과 적합한 어떤 종류의 감정에서 출발한다는 생각이 들었습니다. 하지만 그 감정은 즉시 다른 감정들과 섞이는데, 왜냐하면 그 '형태'라는 것이 돌과 돌의 관계가 아니라, 사람과 사람 사이의 관계로 만들어지는 것이기 때문입니다. 이처럼 소설은 우리 안의 온갖 대립적이고 상반된 감정들에서 출발합니다. 삶은 삶 아닌 무언가와 갈등을 빚습니다. 소설에 관한 어떤 합의점에 도달하기란 매우 어렵기 때문에, 개인적인 편견이 우리한테 지대한 영향력을 행사합니다. 우리는 한편으론, 당신—주인공 존—이 살아야 한다고, 안 그러면 난 깊은 절망에 빠질 거라고 느낍니다. 다른 한편으로 우린, 안타깝지만 존, 당신이 죽어야 한다고 느끼는데, 책의 형태가 그걸 필요로 하기 때문입니다. 삶은 삶 아닌 무언가와 갈등을 빚습니다. 그게 얼마간은 삶을 담고 있기 때문에, 우리는 그걸 삶이라 판단합니다. 누군가 말합니다. 제임스는 내가 제일 밥맛 없어 하는 부류의 남자야. 또는, 이건 터무니없는 것들을 뒤섞은 거야. 난 저런 감정은 절대 느낄 수 없었어, 라고 하지요. 어떤 유명한 소설을 돌이켜 생각해 보면, 그 전체 구조가 무한히 복잡하다는 건 분명합니다. 그처럼 아주 많은 다른 생각들, 그토록 많은 다른 종류의 감정들로 만들어지기 때문입니다. 그렇게 짜인 어떤 책이 1, 2년 넘게 잘 버티고 있고, 러시아인이나 중국인들한테 통하는 의미가 영국 독자에게도 통할 수 있다는 점은 놀랍습니다. 하지만 가끔 그 구조물들은, 감탄할 정도로 잘 붙어 있습니다. 생존 경우가 아주 희박한 가운데서 그것들을 잘 버티게 하는 건(저는 『전쟁과 평화』를 생각하고 있습니다), 비록 청구서를 지불한다거나 어떤 위기 상황에서 정직하게 행동하는 것하고는 아무 상관 없지만, 진정성이라 부를 수 있는 어떤 것 때문입니다. 소설가의 경우 진정성이 의미하는 것은, 그가 말하고 있는 그것이 진실일 거라는 확신입니다. 그렇습니다. 그렇게 느끼는 것입니다. 맞아, 그게 그럴 수 있으리라곤 한 번도 생각해 본 적 없었어. 사람들이 그런 식으로 행동할 수 있으리란 건 정말 몰랐어. 하지만 당신이 그렇다고, 그래서 그런 일이 일어난 거라는 확신을 줬어. 책을 읽으며 모든 구절, 모든 장면을 불빛에 비추어 보는 것입니다— 왜냐면 자연은 정말 기묘하게도, 우리한테 소설가들이 진실한지 진실하지 않은지 판단할 내면의 빛을 제공해 주는 것 같습니다. 아니 차라리 그보단, 자연이 어쩌면 무분별

한 기분에 사로잡혀서 위대한 예술가들이 확인해 줄 어떤 징후를 보이지 않은 잉크로 우리 마음의 벽에 그렸던 건지도 모릅니다. 천재의 불빛에 갖다 대야만 보이는 밑그림 말입니다. 그 그림이 드러나서 생생히 소생한 것을 보고 우리는 황홀경에 빠져 감탄을 내뱉습니다. 이건 내가 늘 느껴 왔고 알고 바랐던 거야! 저는 『전쟁과 평화』를 제자리에 놓으며 말했습니다. 흥분에 사로잡혀 우리는, 살아 있는 한 우리가 다시 돌아갈 의지가 되어 줄 아주 소중한 것인 듯 숭배의 감정 같은 걸 느끼며 책을 덮고, 그걸 도로 선반에 놓는 것이겠지요. 다른 한편 그게 빈약한 문장들이면, 처음에 들고 비추어 봤을 땐 눈부신 색채와 화려한 표현으로 재빨리 열광적인 반응을 불러일으키지만, 거기서 멈춥니다. 문장들이 발전해 나가는 걸 무언가가 검열하는 것처럼요. 또는, 그것들을 불빛에 대면 귀퉁이의 희미한 낙서만 보일 뿐, 얼룩에 뒤덮여서 흠 없는 완전한 모습으로 드러나지 않는 겁니다. 그러면 우리는 실망의 한숨을 내쉬며 이렇게 말합니다. 또 하나의 실패작이군. 이 소설은 어딘가에서 재난을 당한 거야.

물론 대부분의 경우, 소설들은 어디선가 실패합니다. 엄청난 긴장에 짓눌려 상상력이 비틀거립니다. 통찰력이 흐려집니다. 진실과 거짓 사이의 구분이 더 이상 없어지고, 그토록 많은 다른 기능들을 사용하려면 매 순간 요구되는 광대한 노동을 더는 해 나갈 힘이 없습니다. 저는 『제인 에어』와 또 다른 것들을 보면서, 하지만 이 모든 게 어떻게 소설가의 성별에 영향을 받는지 궁금해졌습니다. 어쨌든 그녀의 성이 여성 소설가의 진정성—제가 작가의 척추라고 여기는 그 진정성—을 교란하는 게 사실일까요? 자, 제가 『제인 에어』에서 인용했던 그 구절에서는, 분노가 소설가 샬럿 브론테의 진정성을 방해하고 있었던 게 분명합니다. 그녀는 개인적인 노여움에 마음을 쓰느라고, 응당 모든 정성을 기울였어야 할 이야기를 버려 두었습니다. 그녀는 자신이 마땅히 가졌어야 할 적절한 경험에 굶주려 왔다는 걸 기억해 냈습니다. 세계를 자유롭게 떠돌고 싶었을 때 그녀는 목사관의 양말 수선실에서 정체되어야 했습니다. 그녀의 상상력은 분노로 인해 빗나갔고, 우린 그것이 정도에서 빗나갔음을 느낍니다. 하지만 분노가 그녀의 상상력을 끌어당겨서 길에서 벗어나게 한 것보다 훨씬 많은 영향을 끼친 것이 있었습니다. 이를테면, 무지입니다. 로체스터의 초상은 어둠 속에서 그려집니다. 우린 그 안에 내재한 공포의 영향력을 감지합니다. 억눌림의 결과인 신랄함과 열정 아래서 아른거리는 묻혀진 고통, 통증으로 인한 경련과 더불어, 책을 눈부시게 하는 만큼이나 움츠러들게 만드는 원한을 우리가 계속해서 느끼는 것처럼 말입니다.

소설은 실제 삶에 이렇게 상응하므로, 그것의 가치 기준들은 어느 정도는 실제 삶의 가치 기준들입니다. 하지만 여성의 가치 기준들이, 다른 성에 의해 만들어진 가치 기준들과는 종종 아주 다른 건 분명합니다. 그건 당연히 그렇지요. 그럼에도 지배적인 건 남성의 가치 기준들입니다. 거칠게 말해서,

축구와 스포츠는 '중요'합니다. 유행을 찬미하고, 옷을 구매하는 건 '하찮은' 거고요. 그리고 불가피하게도 이런 가치 기준들은 삶에서 픽션으로 전이됩니다. 이건 중요한 책일 거라고, 비평가들은 어림짐작합니다. 전쟁을 다룬 것이니까요. 이건 응접실 여인들의 감정을 다루고 있으므로 시시한 책입니다. 상점에 있는 장면보단 전쟁터 장면이 더 중요하지요. 도처에서 훨씬 더 미묘하게 가치의 차별이 난무합니다. 따라서 19세기 초 소설의 전체 구조는, 그게 여자였으면, 일직선에서 살짝 벗어난, 외부의 권위자한테 복종해 또렷한 예지력을 변형시킨 마음으로 세운 것입니다. 저런 잊혀진 옛 소설들을 대충 훑어보면, 그 어조만 들어 봐도 작가가 비평을 만날 걸 예견하고 쓴 것을 알 수 있습니다. 그녀는 이건 공격적인 방식으로, 또는 저건 회유하는 식으로 말하고 있었습니다. 그녀는 자신이 '단지 여성일 뿐'임을 인정하고 있었습니다. 또는 자신이 '남자만큼 훌륭하다'고 항변하고 있었습니다. 그녀는 기분 내키는 대로, 고분고분하고 수줍게, 또는 격렬한 분노로 그런 비평들을 만났습니다. 어느 쪽이었는지는 중요하지 않습니다. 그녀는 그것보단 다른 무언가를 생각하고 있었지요. 그녀의 책에 대해 평가를 내려 봅시다. 그것의 중심부에는 흠이 있었습니다. 저는 과수원의 흠집 난 작은 사과들처럼, 런던의 중고 책방들에 산재한, 여자들이 쓴 그 모든 소설들에 대해 생각해 보았습니다. 그것들을 상하게 한 건 중심부의 그 흠이었습니다. 그녀는 자신의 가치들을 다른 이들의 의견에 복종해 바꾸어 버렸던 것입니다.

하지만 그녀들이 왼쪽으로든 오른쪽으로든 꿈쩍도 않고 있기란 얼마나 불가능한 것이겠습니까. 그 모든 비평들 앞에서, 순전히 가부장적인 사회 한가운데서 위축되지 않고 자기가 본 것을 그대로 꽉 잡고 있으려면 정말 엄청난 천재성과 진실성을 필요로 했겠지요. 오직 제인 오스틴과 에밀리 브론테만 그렇게 해냈습니다. 그건 어쩌면 그들이 가장 자랑스럽게 여겨야 할 또 다른 업적일 것입니다. 그들은 남성이 쓰듯 쓰지 않고, 여성이 쓰는 것처럼 썼습니다. 당시 소설을 썼던 그 천여 명의 모든 여성들 가운데서 그들만이 끝없이 가르치려 드는 사람들의 그치지 않는 훈수를—이걸 써라, 저걸 생각해 봐라— 깡그리 무시했습니다. 그들만이, 금방 툴툴댔다가 금방 설교 조였다가 금방 거만했다가 금방 슬퍼했다가 금방 경악했다가 금방 화를 냈다가 금방 사람 좋은 아저씨 같았던 그 끊임없이 들려오는 목소리에 귀를 닫았습니다. 그 목소리는 너무 성실한 어떤 가정교사처럼 여성들을 그냥 놔둘 수 없어 옆에 바싹 붙어 다녀야 하고, 에거튼 브리지스 경처럼 고상해질 것을 권고하면서, 심지어 시의 비평에 성의 비평을 끌어들입니다. 만약 여자들이 잘해서 어떤 근사한 상 같은 걸 받으려면, 문제의 신사가 적절하다고 생각하는 특정 범위 안에 머물라면서 말입니다. "…여성 소설가들은 자신들의 성의 한계를 용감하게 인정해야만 뛰어난 경지에 도달하길 열망할 수 있다." 이게 문제를 단적으로 보여 주는 문장이고, 제가 하는 말이 여러분을 다소 놀라게 하겠지만, 이건 1828년 8월이 아니라 1928년 8월에 쓰인 것입니다. 지금의 우리에겐 저게 참 재밌다 해도, 한 세기 전에는 훨씬 더 강제적이고 훨씬 더 강경했던 거대한 한 덩어리의 의견을—저는 저 오래된 물 웅덩이를 휘젓지 않을 것입니다. 단지 제 발치로 우연히 떠내려 온 것만 잡습니다— 대표하는 것이었다는 건 여러분도 동의할 거라 생각합니다. 1828년에, 그 모든 호통과 잔소리와 포상을 준다는 약속을 무시하려면 아주 용기 있는 젊은 여성을 필요로 했을 것입니다. 아, 하지만 그들이 문학을 살 수는 없는 거잖아. 문학은 모두한테 열려 있어. 당신이 설사 교구 관리인이라 할지라도 날 잔디밭에서 쫓아내도록 가만있지 않겠어. 그러고 싶다면 당신의 그 도서관이나 잠가. 하지만 당신은 내 자유로운 마음에는 어떤 문도, 어떤 자물쇠도, 어떤 빗장도 달 수 없어. 이렇게 혼잣말을 하려면 열정적인 활동가 같은 것이어야 했겠지요.

하지만 여성들의 글을 깎아내리고 비판을 가하는 게 어떤 영향을 끼쳤든 간에—아주 커다란 영향을 끼쳤다고 생각하지만— 그들이 자기들의 생각을 종이에 적으려고 했을 때 직면했던 또 다른 어려움에 비하면(저는 아직도 저 19세기 초반의 소설가들을 염두에 두고 있습니다) 그건 대수롭지 않은 것이었습니다. 즉 그들 뒤에는 아무 전통도 없었다는 것입니다. 혹은 극히 짤막하고 편파적인 것이라 거의 도움이 되지 않았다는 것입니다. 우리가 여성이면 우린 우리 어머니들을 통해 회상합니다. 즐거움을 추구하는 것이면 훌륭한 남성 작가들을 찾을 수도 있지만, 도움을 요청하기 위해 그들한테 가는 건 소용없습니다. 램, 브라운, 새커리, 뉴먼, 스턴, 디킨스, 드 퀸시—그 누구든 간에 결코 아직 한 여성도 도운 적이 없었습니다. 그들에게서 배운 몇 가지 기법을 여성이 자기들 용도에 맞춰서 봤을진 몰라도 말입니다. 어떤 실질적인 것을 성공적으로 그에게서 끄집어내기엔 남자들 마음의 무게와 속도와 보폭이 그녀 자신의 것과 너무 다릅니다. 공을 들이기엔 그 흉내 낼 거리가 너무 먼 것입니다. 종이에 펜을 얹으며 그녀가 제일 먼저 깨달았을 것은 어쩌면 그녀가 사용할 어떤 공통의 문장이 준비돼 있지 않다는 것이었겠지요. 새커리나 디킨슨이나 발자크 같은 모든 위대한 소설가들은 빠르지만 단정한, 화려하지만 지나친 격식을 차리지 않은 자연스러운 산문을 썼고, 공통의 자산을 토대로 하되 그들 자신만의 빛깔을 가지고 있었습니다. 그들은 그 시대 통용됐던 문장을 기반으로 하였습니다. 19세기 초반 통용됐던 문장은 아마 이럴 것입니다. "그들의 웅장한 작품이 그들한테는 단기간으로 그치지 않고 계속 나아갈 논거論據였다. 예술 활동을 하면서 끊임없이 진실과 미를 생성하는 건 그들에겐 더할 나위 없는 행복과 만족이었다. 성공은 활동을 촉발한다. 그리고 습관은 성공을 가능하게 한다." 이건 남자의 문장입니다. 이 뒤로 존슨과 기번과 나머지 다른 작가들을 볼 수 있습니다. 여성이 사용하기엔 적합하지 않은 문장이었습니다. 샬럿 브론테는 그 눈부신 산문적 재능을 가지고도, 꼴사나운 무기를 손에 쥐고 비틀거리다 넘어졌습니다. 조지 엘리엇은 그 무기를 가지고 말로 다 하기 힘든 엄청난 실수를 저질렀습니다. 제인 오스틴은 그걸 보고 비웃으면서, 절대 거기서 출발하지 않고 자신이 사용하기 적절한, 완벽하게 자연스러운 문장을 예리하게 고안해 냈습니다. 이처럼 그녀는 글쓰기에 있어 샬럿 브론테보다 덜 천재적이면서도 더욱 무궁무진하게 말했습니다. 예술에 있어 가장 본질적인 것은 사실 표현의 자유와 풍부함이므로 그러한 전통의 결핍, 그러한 연장의 결핍과 부족은 여성의 글쓰기에 막대한 영향을 끼쳤을 것입니다. 게다가 책은 문장과 문장을 서로 이어 붙여서 만드는 게 아니라, 만약 이 이미지가 도움이 된다면, 회랑들과 지붕들이 합쳐진 문장들로 만들어집니다. 그리고 그 형태 역시 남자들이 자기들이 쓰려고 자기들 필요에 의해 만든 것입니다. 이제는 문장보다 서사시나 시극 형식이 그녀에게 적합하다고 생각할 아무 이유도 없습니다. 하지만 더 오래된 그 모든 문학 형식들은 그녀가 작가가 되기 시작했던 시기에는 단단히 굳어져 있었습니다. 오직 소설만이 손대기 부드러울 만큼 젊었지요. 어쩌면 왜 그녀가 소설을 썼는지에 대한 또 다른 이유일 것입니다. 그렇지만 모든 문학 형식들 중 가장 유연하다고 할, 심지어 지금도 '소설'*(저는 이 단어의 부적절함을 표시하려고 따옴표를 넣었습니다)이라 불리는 이것이

---

* 소설(the novel)은 이미 알려져 있거나 쓰이지 않은 '새로운' 형식을 일컫는 말인데, 오랜 시간이 흘렀음에도 여전히 소설로 불린다는 것을 문제 삼고 있다.

그녀가 사용하기에 딱 알맞은 형태라고 누가 단언할까요? 자유롭게 팔다리를 쓰게 되면, 저걸 부숴서 스스로를 위한 형식을 만들 그녀를 발견하리란 것은 확실합니다. 반드시 운문일 필요도 없이, 자신 속의 시詩를 실을 어떤 새로운 운송 수단을 마련해서 말입니다. 여전히 시는 표현 수단을 사용 못하고 있으니까요. 저는 계속해서 요즘 시대의 여성은 어떻게 5막의 시비극을 쓸 것인지 곰곰이 생각해 보았습니다. 그녀가 운문으로 쓸까요? 차라리 산문으로 쓰려 하진 않을까요?

하지만 이것들은 불확실한 미래의 빛 안에 놓여 있는 어려운 질문들입니다. 이것들을 남겨 놓아야겠습니다. 십중팔구 제 주제로부터 벗어나 어디가 길인지도 모를 삼림으로 들어가도록 저를 자극해서 길을 잃고 야수한테 잡아먹히도록 할 것 같으니 말입니다. 저는 픽션의 미래라는, 그 몹시 암울한 주제를 꺼내고 싶지 않고 여러분도 제가 그러길 바라진 않는다는 것을 확신하므로, 저는 다만 여기서 잠깐 멈춰서, 미래에는 여성의 물리적 조건들까지 반드시 중요하게 논의될 것이라는 데 여러분의 관심을 잠시 환기시키도록 하겠습니다. 책은 어떻든 신체에 적응하게 되는 것입니다. 여성들의 책은, 방해받지 않고 꾸준하게 작업할 긴 시간이 필요하지 않게끔 남성들의 것보다 더 짧고 더 압축적인 짜임새여야 한다고 과감히 말할 수도 있겠군요. 거기엔 늘 방해가 따를 테니 말입니다. 다시 말하지만, 남자와 여자는 뇌에 영양을 공급하는 신경들이 다른 것 같으니, 만약 그 신경들을 가장 열심히, 최대한 작동시키고 싶으면 그것들을 어떻게 다루는 것이 가장 알맞은지—예를 들자면, 짐작건대 수백 년 전 수도승들이 자기들한테 맞춰 고안해 냈을 이런 몇 시간의 강연들 같은 것이든— 두뇌가 필요로 하는 일과 휴식의 교대는 어떤 것인지. 휴식이 아무것도 하지 않는 게 아니라 뭔가를 하는 것이고 그 뭔가를 다른 뭔가를 하는 것이라고 해석한다면, 그 차이점은 무엇이어야 하는지, 이 모든 게 토론되고 밝혀져야 합니다. 이 모든 게 **여성과 픽션**이라는 질문의 한 부분을 이루는 것입니다. 저는 책장으로 다시 다가가며 여전히 생각을 이어 갔습니다. 여성이 정교하게 쓴 여성에 관한 심리학을 어디에서 찾을 수 있을까? 축구를 못한다고 여성이 의사가 되는 게 허용되지 않는다면…… 다행히 제 생각들은 이제 다른 쪽으로 향했습니다.

# 5

어슬렁거리다가 저는 마침내 현존하는 작가들 책이 꽂힌 서가에 와 있습니다. 거의 많은 책들이 남성들이 쓴 것만큼 이제 여성들에 의해서도 쓰였으니, 현존하는 여성들과 남성 작가들인 거겠지요. 혹, 아직 꼭 그렇지는 않고 성별로 보면 여전히 남성이 많은 말을 한다 해도, 여자들이 더 이상 소설 하나만 쓰지 않는 건 틀림없는 사실입니다. 제인 해리슨이 쓴 그리스 고고학에 관한 책들이 있습니다. 미학에 관한 버논 리*의 책들이 있습니다. 거투르드 벨**이 쓴 페르시아에 관한 책들이 있습니다. 한 세기 전엔 어떤 여성도 건드릴 수 없었던 온갖 종류의 주제를 다룬 책들이 있는 것입니다. 시와 희곡과 비평이 있고, 역사와 전기가 있고, 여행에 관한 책들, 학

---

* Vernon Lee(1856~1935). 영국 작가 바이올렛 패짓(Violet Paget)의 필명.
** Gertrude Bell(1868~1926). 작가·여행가·정치인.

문과 연구 방법에 관한 책들, 심지어 철학에 관한 책들과 과학과 경제에 관한 책들도 좀 있습니다. 여전히 소설이 압도적으로 많긴 하지만, 소설들 역시 다른 종류의 책들과 연계하면서 엄청 많이 변해 왔을 것입니다. 자연스러운 소박함, 여성 글쓰기의 서사시적 시대는 사라졌을지도 모르겠습니다. 독서와 비평이 그녀를 더욱 폭넓고 더 치밀해지도록 만들었을 것입니다. 자서전을 쓰려는 충동이 바닥났을지도 모르겠습니다. 글쓰기를 자기표현의 수단이 아닌 예술로 사용하기 시작하고 있는 것이겠지요. 이 새로운 소설들 가운데서 그런 몇 가지 질문들에 대한 답을 찾을 수 있을지도 모르겠군요.

무작위로 그중 하나를 꺼냈습니다. 책꽂이 제일 끝에 꽂혀 있었고, 제목은 '삶의 모험'인가 뭐 그런 것으로, 메리 카마이클이 썼고 바로 이번 달 10월에 출간되었습니다. 데뷔작인 모양이군, 하고 저는 혼잣말을 했습니다만, 이건 제가 힐끗거리고 있었던 저 다른 모든 책들—윈칠시 부인의 시와 애프라 벤의 희곡과 네 명의 위대한 소설가들이 쓴 소설들로 이어지는 꽤 긴 시리즈물의 마지막 권으로 읽어야 합니다. 왜냐하면 분리해 평가를 내리는 우리의 습관에도 불구하고 책들은 서로 계속 이어지기 때문입니다. 그래서 저는 그녀를—이 잘 알려지지 않은 여자를— 제가 훑어보고 있던 각자 다른 처지의 그 모든 여자들의 후손으로 간주하고, 그들로부터 어떤 특성과 한계를 이어받았는지 봐야 합니다. 소설은 종종 해독제가 아닌 진통제를 제공해서 화끈한 약으로 번쩍 정신이 들게 하는 대신 무기력한 선잠에 빠지게 하기 때문에, 그래서 저는 한숨을 쉬며 연필과 공책을 들고 메리 카마이클의 첫 소설, 『삶의 모험』에서 무엇을 건질 수 있나 보려고 자리를 잡았습니다.

　우선 한 페이지를 위아래로 훑었습니다. 저는, 먼저 문장들이 어떤지부터 감을 잡아야겠군, 하고 말했습니다. 어쩌면 푸른 눈과 갈색 눈의 클로에와 로저 사이에 있을지도 모르는 관계를 제 기억 속에 싣기 전에 말이죠. 그녀가 손에 펜을 들었는지 곡괭이를 들었는지 판단하고 나서 그렇게 할 시간이 있겠지요. 그래서 저는 한두 문장을 혀에 굴려 보았습니다. 뭔가 꽤 정리돼 있지 않은 것이 곧 분명해졌습니다. 문장과 문장이 매끄럽게 흘러가지 않고 막혔습니다. 무언가가 찢기고 무언가가 긁혔고, 제 눈에 들어온 각각의 단어들이 여기저기서 횃불을 번쩍였습니다. 그녀는 고전극에서 얘기하듯, 자신을 '손에서 놓아 버린' 겁니다. 불이 붙지 않는 성냥을 켜고 있는 사람 같다는 생각이 들었습니다. 저는 그녀가 거기 있는 것처럼 물었습니다. 하지만 왜, 제인 오스틴의 문장들이 당신한텐 적절한 형태가 아니었던 거지요? 엠마*와 우드하우스** 씨가 죽었기 때문에 모든 걸 깡그리 지워 버려야 하나요? 아, 저는 한숨을 쉬었습니다. 그렇다면 유감이군요. 마치 모차르

---

\* 제인 오스틴의 소설 『엠마』의 주인공.

\*\* 엠마의 아버지.

트의 곡이 노래에서 노래로 흐르듯 제인 오스틴의 문장은 자연스럽게 선율을 타면서 끊어지는데, 반면에 이 글을 읽는 건 마치 갑판이 없는 배를 타고 바다에 나가 있는 것 같았습니다. 위로 휙 올라갔다가 아래로 스윽 가라앉는 거지요. 이 간결함, 이 짧은 호흡은 그녀가 뭔가를 두려워하고 있음을 뜻할지도 모릅니다. 어쩌면 '감성적'이라 불리는 게 두려운 건지도요. 아니면 여성의 글쓰기가 미사여구라 불려 왔던 걸 기억하고, 그래서 쓸데없이 많은 가시를 내놓은 것일 수도 있습니다. 하지만 주의 깊게 한 장면을 다 읽을 때까지는, 그녀가 그녀 자신일지 아니면 다른 누구일지 확신할 수 없습니다. 어쨌든 더욱 주의를 기울여 읽으며 저는 그녀가 사람을 기운 빠지게 하지는 않는다는 생각이 들었습니다. 하지만 그녀는 너무 많은 사실들을 쌓아 놓고 있습니다. 이 정도 크기의 책 한 권엔 그것들의 절반도 사용할 수 없을 것입니다. (『제인 에어』의 절반 길이 정도입니다) 하지만, 어찌어찌해서 그녀는 우리 모두를—로저, 클로에, 올리비아, 토니, 비검 씨— 강 위의 카누에 성공적으로 데려다 놓았습니다. 의자 깊숙이 몸을 기대며 저는, 잠시만, 더 읽기 전에 좀더 세심하게 전체를 살펴봐야겠어, 하고 말했습니다.

거의 확실해, 저는 혼잣말을 했습니다. 메리 카마이클이 우리한테 트릭을 쓰고 있는 거야. 오르막 내리막이 많은 선로에서 차가 내리막길로 갈 거라 예상하고 있었는데, 하강하는 대신 갑자기 선로를 이탈해 위로 솟구치는 거 같잖아.

메리는 다음에 올 거라고 예상했던 장면에 손을 대고 있습니다. 먼저 그녀는 문장을 파괴했습니다. 지금은 배열을 깨뜨렸습니다. 물론 그녀한텐 둘 다 이렇게 할 모든 권리가 있습니다. 만약 파괴를 위해서가 아니라 창조를 위한 것이라면요. 그녀가 자신을 어떤 상황과 대면시키기 전까진 둘 중 어떤 건지 확실히 모르겠습니다. 그 상황이 어떤 게 될지 선택할 모든 자유를 그녀한테 주겠다고 저는 말했습니다. 그러고 싶으면 그녀는 깡통과 낡은 주전자로도 그 상황을 만들겠지요. 하지만 그게 그녀가 믿는 상황이라는 확신을 제게 주어야 합니다. 그걸 다 만든 다음에는 그녀가 그것과 직면해야 합니다. 뛰어넘어야 합니다. 그녀가 저에 대한 작가로서의 의무를 이행하겠다면, 저는 그녀에 대한 독자로서의 의무를 이행하겠다고 결심하면서, 페이지를 넘기며 읽고 있는데……. 너무 급작스레 중단해 미안합니다. 현재 남자는 아무도 없는 거지요? 저기 붉은 커튼 뒤에 차트리스 바이런 경*이 숨어 있지 않다고 제게 장담할 수 있지요? 우리 모두 여자들뿐이란 게 확실한 거지요? 그럼 제가 읽은 바로 다음 말들이 이거였다는 걸 여러분한테 말해도 되겠지요. "클로에는 올리비아를 좋아했다"… 펄쩍 뛰지 마세요. 얼굴 붉히지 마세요. 우리 사회 은밀

---

* Sir Henry Chartres Biron(1863~1940). 변호사·치안판사. 영국의 여성 작가 래드클리프 홀(Radclyffe Hall)이 쓴, 한 소녀와 연상의 여인이 서로에게 느끼는 애정을 자세하게 묘사한 『고독의 샘(The Well of Loneliness)』을 '외설'로 단정하고 모두 회수해 폐기하도록 지시했다.

한 곳에선 가끔 이런 일들이 일어난다는 걸 인정합시다. 때때로 여성은 여성을 좋아합니다.

"클로에는 올리비아를 좋아했다"고 저는 읽었습니다. 그러자 불현듯 이게 얼마나 엄청난 변화였는지가 떠올랐습니다. 클로에는 아마 문학에서, 처음으로 올리비아를 좋아했습니다. 클레오파트라는 옥타비아를 좋아하지 않았습니다. 만약 그랬다면 『안토니우스와 클레오파트라』는 얼마나 판이하게 달라졌을까요! 생각이 『삶의 모험』에서 잠시 벗어나서 미안하지만, 감히 말하자면, 저는 『안토니우스와 클레오파트라』가 전체적으로 터무니없이 단순화되어 있고 상투적인 작품이란 생각이 들었습니다. 클레오파트라가 옥타비아에 대해 느끼는 유일한 감정은 일종의 질투입니다. 그녀가 나보다 키가 클까? 머리는 어떻게 손질했을까? 그 희극은 아마 그 정도면 충분했겠지요. 하지만 그 두 여자 간의 관계가 좀더 복잡했더라면 얼마나 더 흥미진진했을까요. 저는 가상의 여성들이 전시된 화려한 화랑을 재빨리 떠올리며, 여자들 사이의 그 모든 관계들이 지나치게 단순하다는 생각이 들었습니다. 그토록 많은 것들이 시도조차 안 되고 남아 있었던 겁니다. 저는 제가 읽은 것 중에 두 여성이 친구로 나온 경우는 없었는지 기억해 보려 해봤습니다. 『교차로의 다이애나』*에서 그런 시도가 한 번 있었군요. 물론 라신과 그리스 비극들에서 여자들은 절친

* Diana of the Crossways. 1885년 출간된 조지 메레디스(George Meredith)의 소설.

한 친구입니다. 가끔은 엄마와 딸입니다. 하지만 거의 예외 없이 그들은 남자들과의 관계 속에서 그려집니다. 픽션의 모든 위대한 여성들이, 제인 오스틴의 시대까지도, 다른 성의 눈으로 보였을 뿐 아니라, 오직 다른 성과의 관계 속에서만 보였다고 생각하니 이상했습니다. 여성의 삶에서 그런 관계란 건 얼마나 작은 부분인가요. 심지어 자기 성性이 콧잔등에 걸쳐 놓은 검은색 혹은 장밋빛 안경을 통해서 관계를 관찰하는 그런 남자가 도대체 무엇을 알 수 있을까요. 아마 픽션 속에서 그녀가 극단적으로 아름답거나 공포스럽고 천상의 선함과 지옥 같은 사악함 사이를 넘나드는 놀랍도록 기이한 성격인 건 그래서일 것입니다―연인의 사랑이 샘솟거나 사그라짐에 따라 그녀는 행복하거나 불행했고, 그는 그런 그녀를 보았을 테니까요. 물론 19세기 소설들에선 꼭 그렇진 않습니다. 거기선 여성이 훨씬 더 다양하고 복잡해지기 때문입니다. 사실, 남자들이 여성들을 거의 등장시킬 수 없는 폭력적인 시극을 쓰는 걸 점차 포기하고, 세간에 수용되기 더욱 적당한 소설을 고안해 낸 것은, 어쩌면 여성에 관해 쓰고 싶다는 욕망 때문이었습니다. 그렇긴 해도, 심지어 프루스트의 글에서조차 남자의 여자들에 대한 지식은, 남자들에 관한 여자의 지식만큼 여전히 끔찍하게 제한적이고 편향돼 있다는 게 명백히 드러납니다.

계속해서 다시 아까의 페이지로 눈길을 떨어뜨리며 저는, 여자들이 그 한도 끝도 없는 가사일 말고 남자들처럼 다른 관심사가 있는 것 또한 분명해지고 있다고 생각했습니다. "클로에는 올리비아를 좋아했다. 그들은 실험실을 같이 썼다……"
계속 읽으면서 이 두 젊은 여성이 악성 빈혈 치료제인, 그렇
게 보이는, 간을 잘게 자르는 일과 관련돼 있다는 걸 발견했
습니다. 비록 이들 중 하나는 결혼해서—제가 시작을 옳게 하
는 듯합니다— 어린 두 아이가 있지만요. 자, 이 모든 것이 지
금까지 쓰이지 않았기에, 소설 속 여성의 눈부신 초상화는 너
무 지나치게 단순하고 또 너무 지나치게 단조로웠던 것입니
다. 예를 들어, 작품 속 남자들이 오직 여성의 연인으로만 표
현되고, 다른 남자들의 친구나 군인이나 사상가나 몽상가인
적은 결코 없었다고 가정해 봅시다. 셰익스피어의 희곡에서
그들한테 할당될 수 있는 역할은 거의 없었을 것입니다. 문학
은 얼마나 큰 타격을 입었을까요! 우리는 아마 대부분의 오셀
로를, 또 상당히 많은 안토니우스를 갖게 되었을지 모르지만,
어떤 시저도 어떤 브루투스도 어떤 햄릿도 어떤 리어왕도 어
떤 제이퀴즈도 가질 수 없었겠지요. 문학은 놀라울 만큼 빈
곤해졌을 것입니다. 지금껏 여자들을 가두어 두었던 그 문으
로 인해, 우리가 헤아릴 수 있는 이상으로 문학이 빈곤해진
것이 사실이고 말입니다. 자신의 의지에 반해 결혼을 하고 한
방에 갇혀 지내면서 같은 일만 하는 그들을 어떻게 극작가가
흥미진진하게, 혹은 진실되게 묘사할 수 있었겠습니까? 오직
사랑만이 해석 가능한 틀이었습니다. 시인은 어쩔 수 없이 열
정적이거나 비통할 수밖에 없었지요. 만일 그가 정말 '여성을
싫어하기'로 작정한 게 아니라면요. 그리고 그건 대부분의 경

우 그가 여자들한테 매력이 없었다는 걸 뜻하는 거지요.

자, 만약 클로에가 올리비아를 좋아하고, 둘이 실험실을 같이 쓴다면 그것은 그들의 우정을 좀더 다채롭고 지속적일 수 있게 만드는 것입니다. 그건 덜 사적인 관계이기 때문입니다. 만약 메리 카마이클이 어떻게 써야 하는지 안다면(그리고 저는 그녀 문체의 어떤 특성을 즐기기 시작하고 있었습니다), 만약 그녀한테—저야 잘 모르지만— 자기 방이 있다면, 그녀한테 1년에 500파운드라는 자기만의 수입이 있다면—차후에 밝혀지겠지요— 그렇다면 엄청 중요한 일이 일어났을 거라고 저는 생각합니다.

왜냐하면 만약 클로에가 올리비아를 좋아하고 메리 카마이클이 그걸 어떻게 표현하는지 안다면 그녀는 아직 아무도 가본 적 없는 커다란 방에 횃불을 밝히게 될 테니까요. 촛불로 언뜻언뜻 위아래를 비추면서 걸음을 떼고 있는 곳이 어딘지도 모르는 구불구불한 동굴처럼, 어스름한 빛과 깊은 그림자가 있는 곳 말입니다. 저는 다시 책을 읽기 시작했고, 선반에 약병을 올려놓으며 집에, 아이들한테 돌아갈 시간이 됐다고 말하는 올리비아를 클로에가 어떻게 바라보았는지를 읽었습니다. 이건 세상이 시작된 이래 한 번도 본 적이 없었던 광경이라고 저는 감탄을 내뱉었습니다. 그래서 또한, 매우 호기심을 느끼며 지켜보았습니다. 왜냐하면 다른 성의 변덕스럽고 과장된 불빛에 비쳐지기 전 여성들이 혼자 있을 때 스스로 형성된, 천장에 붙은 나방의 그림자보다 더 흐릿한 저런 기록된 적 없는 몸짓들을, 저런 내뱉어 본 적 없거나 혹은 반쯤만 말해진 것들을, 메리 카마이클이 어떻게 포착해서 글에 사용했는지 알고 싶었기 때문입니다. 계속 읽으며 저는, 그 일을 하려면 그녀가 잠시 숨을 멈출 필요가 있겠어, 하고 말했습니다. 여자들은 동기가 불분명한 어떤 관심도 몹시 미심쩍어하기 때문에, 고개를 돌려 자신들이 있는 방향을 지켜보던 누가 눈만 깜빡해도 가버릴 정도로 숨거나 자신을 억누르는데 지독히 익숙해져 있기 때문입니다. 마치 거기 메리 카마이클이 있어서, 그녀에게 얘길 하고 있는 것처럼 저는 생각을 이어 나갔습니다. 당신이 그 일을 할 수 있는 유일한 방법은, 계속 창밖을 바라보며 뭔가 딴 얘길 하면서, 올리비아—수백만 년을 바위 그늘 아래 있었던 그 유기체—가 자기 위로 떨어지는 빛을 느끼고, 자기 쪽으로 한 조각 낯선 음식—지식과 모험과 예술—이 다가오고 있는 걸 볼 때 일어나는 일을, 공책에다 연필로 적는 게 아니라 아주 짤막한 속기, 아직 채 음절화도 안 된 언어들로 적는 거예요. 그러면 올리비아는 손을 뻗쳐 그걸 잡을 거고, (저는 페이지에서 다시 눈길을 들어 올리며 생각했습니다) 다른 목적들을 위해 고도로 발달된 자신의 재능을 합쳐서, 전적으로 새로운 무언가를 고안해 낼 게 분명해요. 아주 한없이 미묘하고 정교한 전체의 균형을 깨지 않으면서도 이 새로운 것이 옛것에 흡수될 수 있도록 말이에요.

아, 이런, 하지 않기로 마음먹었던 말을 해버렸네요. 무심결에 나 자신의 성을 슬쩍 높이 평가한 것 말입니다. '고도로 발달된', '한없이 미묘한'— 저런 건 부인할 수 없는 찬사의 말들이죠. 그리고 자기 자신의 성에 찬사를 보내는 건 늘 의심스럽고, 종종 바보 같습니다. 더욱이 이런 경우 어떻게 그걸 정당화할 수 있겠어요? 지도로 다가가서, 콜럼버스가 아메리카를 발견했는데 콜럼버스는 여자였다고 할 수는 없겠지요. 혹은 사과를 손에 들고, 뉴턴이 중력의 법칙을 발견했는데 뉴턴은 여자였다고 언급한다거나, 또는 하늘을 바라보면서, 비행기가 머리 위를 날고 있는데 비행기는 여자들이 발명했다고 할 수는 없겠지요. 벽에 여성의 정확한 크기를 잴 수 있는 눈금은 절대 없습니다. 얼마나 좋은 엄마인지 헌신적인 딸인지 충실한 자매인지 혹은 능력 있는 주부인지, 1인치까지 딱 떨어지게 나눌 야드 자 같은 건 없습니다. 심지어 현재에도 대학에서 등급이 매겨져 본 여성은 거의 없습니다. 커다란 시험을 거쳐야 하는 직업인, 육군과 해군, 무역, 정치와 외교에서도 여성들이 응할 기회가 주어진 적은 거의 없었습니다. 바로 이 순간조차 그들은 거의 분류되지 않은 채로 있습니다. 하지만 만약 제가, 예를 들어 홀리 버츠 경에 대해 알고자 한다면 어느 누구라도 제게 그에 관해 말해 줄 수 있습니다. 그냥 버크 귀족연감이나 더브렛 연감을 펼치기만 하면 됩니다. 그가 이러저러한 학위를 받았고, 단과대학을 소유했고, 후계자가 있고, 어떤 위원회 의장이었고, 캐나다에서 대영제국을 대표했다는 것과, 특정한 학위들과 직함들과, 그의 공적을 지울 수 없도록 쾅 박아 놓은 메달과 훈장들을 받았다는 걸 발견하게 될 것입니다. 홀리 버츠 경에 대해 더 잘 알 수 있는 건 오직 신뿐이겠지요.

그런고로, 제가 여성을 '고도로 발달된', '한없이 미묘한'이라 했을 때, 제 말은 휘터커나 데브렛, 혹은 대학 연감에서 검증될 수 없습니다. 이런 곤란한 처지에서 제가 무엇을 할 수 있겠습니까? 저는 다시 책장을 보았습니다. 자서전들이 있었습니다. 존슨과 괴테와 칼라일과 스턴과 쿠퍼와 셸리와 볼테르와 브라우닝과 또 그 밖의 많은 사람들. 저는 저 모든 위대한 남자들이 여성을 칭송하고 여성을 원하고 여성과 같이 살고 여성에게 비밀을 털어놓고 여성과 사랑을 하고 여성에 대한 글을 쓰고 여성을 신뢰하고, 또 상대 쪽 성의 어느 특정인에 대한 욕구와 의존성 같은 것으로 묘사될 수밖에 없는 행동을 보여 주었던 한두 가지 이유들에 대해 생각해 보기 시작했습니다. 저는 그 모든 관계들이 당연히 플라토닉한 것이었다고 주장하지 않을 것입니다. 윌리엄 조인슨 힉스 경[*] 또한 아마 아니라 할 테고 말이죠. 하지만 그들이 그런 관계에서 안락함과 우쭐함과 육체의 쾌락 말곤 아무것도 얻지 못했다고 주장한다면 우린 이 걸출한 남자들을 아주 많이 오해하는 것일 겁니다. 그들이 얻었던 것은 확실히, 자신들의 성이 제공해 줄 수 없는 어떤 것이었습니다. 그리고 더 나아가 그걸, 불을 보듯 뻔한 시인들의 열광적인 말을 인용하지 않고도, 이성

[*] Sir William Joynson Hicks(1865~1932). 보수파 정치인으로서 엄격한 독재주의자라는 평판을 얻었던 그는 자신이 보기에 점잖지 못한 문학을 검열했다.

만이 줄 수 있는 선물인 어떤 자극들, 어떤 창조적 힘의 부활이라 정의하는 게 경솔한 건 아닐 것입니다. 저는 이런 생각을 해봤습니다. 그는 응접실이나 육아실의 문을 열고 어쩌면 아이들 한가운데 있는 그녀를, 혹은 무릎에 자수 천 조각을 올려놓고 있는 그녀를 발견합니다―어쨌든, 삶의 어떤 다른 질서와 체계의 중심을 발견한 것이겠지요. 이런 세계와, 그 자신이 속한 법정이나 의사당일 수도 있는 세계와의 대비는 그에게 즉각 신선함과 활력을 느끼게 했을 것입니다. 심지어 아주 간단한 대화에서도 따랐을 자연스러운 의견 차이는 메말라 있던 그의 아이디어를 다시 비옥하게 만들었을 것입니다. 그리고 자신과는 다른 식으로 사물을 보는 그녀의 창조적인 시각은 그의 창조력을 촉진시켜서 그의 메말랐던 마음은 자신도 모르는 사이 다시 구상을 시작할 것이고, 그녀를 방문하려고 모자를 썼을 땐, 결핍돼 있었던 바로 그 구절 또는 그 장면을 벌써 찾았을 것입니다. 모든 새뮤얼 존슨한텐 그만의 스레일 부인*이 있습니다. 그래서 그러한 어떤 이유들로 그녀를 꽉 붙들고 있는 것입니다. 스레일이 이탈리아인 음악 선생과 결혼하자 존슨은 격노했고 분통이 터져 반쯤 미쳐 버립니다.

---

* 피오치(Hester Lynch Piozzi, 1740~1821). 영국의 작가. 결혼 전 성은 Salusbury, 별칭은 스레일 부인(Mrs.Thrale). 새뮤얼 존슨의 친구이다. 1763년 헨리 스레일이라는 부유한 양조업자와 결혼했다. 1781년 스레일이 많은 재산을 아내에게 남겨주고 죽자 그녀는 자기 딸의 음악 선생이던 이탈리아의 가수이자 작곡가 가브리엘 피오치와 사랑에 빠졌고 1784년 그와 결혼했다. 새뮤얼 존슨은 이들의 결혼을 공공연히 비난했고, 그 후로 스레일 부인과의 우정은 금이 갔다.

단지 스트리트엄에서의 쾌적한 저녁들을 잃게 되어서가 아니라, 그의 삶의 빛이 '꺼져 버리게' 되어서입니다.

존슨 박사나 괴테나 칼라일이나 볼테르는 아니더라도, 이 위대한 남자들하곤 아주 다르다 해도, 우리는 여성들한테서 이런 본질적인 복잡성과 그 고도로 발달돼 있는 기능들의 창조적 힘을 느낍니다. 한 여자가 방으로 들어갑니다—하지만 방으로 들어가 무슨 일이 일어나는지 그녀가 말할 수 있기에 앞서, 영어라는 언어의 자원들이 훨씬 많이 늘어나 있을 것이고 떠도는 단어들은 파격적으로 날아서 존재 속으로 들어갈 필요가 있겠지요. 방들은 너무 완벽히 다릅니다. 조용한 곳도 있고, 우레와 같이 시끄러운 곳도 있습니다. 바다를 향해 있기도 하고, 반대로 감옥 마당을 바라보기도 합니다. 세탁물이 걸려 있기도 하고, 오팔과 실크로 활기 있어 보이기도 합니다. 말총처럼 빳빳하기도, 깃털처럼 부드럽기도 합니다—어떤 거리의 아무 방이나 들어가도 여성성의 극도로 복잡한 힘이 반항적으로 얼굴로 날아오를 것입니다. 어떻게 그러지 않을 수 있겠어요? 수백만 년이란 이 모든 세월을 여자들은 집 안에만 앉아 있었기 때문에, 이젠 바로 저 벽에까지 그들의 창조적 힘이 배어 있습니다. 이 창조적 힘은 사실 벽돌과 회반죽이 감당할 수 있는 용량을 너무 초과했으므로, 반드시 펜과 붓과 사업과 정치에 활용되어야 합니다. 하지만 이 창조적 힘은 남성들의 창조적 힘과는 크게 다릅니다. 이건 몇 세기 동안의 가장 혹독한 단련을 거쳐서 얻은 것이라, 이걸 대신할 건 아무것도 없으므로. 가로막혀지거나 버려진다면 유감천만일 것이라 결론내릴 수밖에 없습니다. 만약 여성이 남성처럼 글을 쓰거나 남성처럼 살거나 혹은 남성처럼 보인다면 유감천만일 것입니다. 세상의 광대함과 다양함을 감안하면 두 개의 성性으로도 정말 불충분한데, 그렇다면 어떻게 우리가 오직 하나의 성으로 헤쳐 나가겠어요? 비슷한 점보단 차라리 다른 점을 끄집어내서 강화하는 교육이어야 하지 않을까요? 우린 지금도 너무 많은 유사성을 가지고 있기 때문에, 만약 탐험가가 다른 하늘에 있는 다른 나무들의 가지를 통해 보이는 다른 성의 말을 가지고 돌아온다면, 인류에 그보다 더 크게 공헌하는 건 없을 것입니다. 게다가 우리는 X교수가 자신이 '우월'하다는 걸 입증하려고 치수를 재는 자를 가지러 달려가는 걸 지켜보는 커다란 즐거움도 누리겠지요.

아직도 같은 페이지에서 맴돌며 저는, 메리 카마이클이 자신은 단순히 관찰자 역할에 어울리도록 글을 써나갈 것 같다는 생각이 들었습니다. 그녀가 저한텐 덜 흥미로운 부류인 자연주의적 소설가가 되려는 유혹에 빠질까 봐 사실상 걱정이 됩니다. 사색적인 소설가가 아니라요. 그녀한텐 관찰해야 할 아주 많은 새로운 사실들이 있습니다. 그녀는 더 이상 중상류층의 점잖은 집들에 자신을 가두어 둘 필요가 없겠지요. 그녀는 친절함이나 공손함이 아니라, 동료의식을 느끼며 고급 창부와 매춘부와 퍼그 강아지를 데려온 부인이 앉아 있는 저향수 냄새 풍기는 작은 방으로 들어갈 것입니다. 그들은 아직도 남성 작가가 억지로 어깨에 척 걸쳐 놓은 꺼칠한 기성복을 입고 앉아 있습니다. 하지만 메리 카마이클이 가위를 꺼내서 모든 우묵하고 각진 것들을 그들한테 딱 맞게 수선할 것입니다. 이 여자들을 있는 그대로 본다는 면에서 그건 흥미로운 광경이 되겠지만, 우리는 잠시 기다려야 합니다. 왜냐하면 우리의 성적 잔혹함의 유산인 '죄의식'과 직면한 메리 카마이클의 자의식이 여전히 거치적거릴 것이기 때문입니다. 그녀는 여전히 조악하고 낡은 계급의 족쇄를 발에 차고 있을 것입니다.

  그렇지만 대다수 여성들은 매춘부도 고급 창부도 아닙니다. 여름 오후 내내 칙칙한 벨벳 옷을 입은 채 옆에 퍼그 강아지를 찰싹 붙이고 앉아 있지도 않습니다. 하지만 그럼 그들은 무엇을 하나요? 제 마음의 눈은 강의 남쪽 어딘가로. 기다란 길 양옆으로 줄줄이 무한정 늘어선 집들에 셀 수 없이 많은 사람들이 살고 있는 그런 거리들 중 하나로 갔습니다. 상상의 눈으로 저는 고령의 한 부인이 아마 딸인 듯한 중년 여인의 팔을 잡고 길을 건너고 있는 걸 보았습니다. 둘 다 점잖게 부츠를 신고 숄을 두르고 있었는데 그날 오후 그들의 그 옷차림은 일종의 연례 행식 같은 것이었을 테고, 그 옷들은 매해 여름이 끝날 때까지 방충제와 함께 옷장 속에 치워져 있었을 것입니다. 해마다 그래 왔을 것처럼 그들은 가로등이 켜지고 있을 때 길을 건넙니다(땅거미 질 때가 그들이 제일 좋아하는 시간이니까요). 노부인은 여든에 가깝습니다. 하지만 삶이 그녀에게 무엇을 의미했느냐고 묻는다면 그녀는 발라클라바 전투* 동안 불빛이 환했던 거리들을, 혹은 에드워드 7세의 탄생을 기념해 하이드 파크에서 총포가 발사됐던 것을 기억하고 있다고 말할지도 모릅니다. 그리고 어느 구체적인 계절과 날짜의 어느 한순간을 간절히 콕 집어서, 하지만 1868년 4월 5일, 혹은 1875년 11월 2일 당신은 무얼 하고 있었나요, 하고 묻는다면, 그녀는 애매한 얼굴로 아무것도 기억할 수 없다고 할 것입니다. 왜냐하면 매일 저녁 음식을 만들고 접시들과 컵들을 씻고 아이들을 학교에 보내서 세상 속으로 내보냈기 때문입니다. 거기서 남은 건 아무것도 없습니다. 모든 게 사라졌습니다. 역사의 어떤 전기傳記에서도 한마디도 이걸 언급하지 않습니다. 그리고 소설들은, 그럴 작정은 아니지만 결국은 거짓입니다.

이 모든 한없이 흐릿한 삶들이 기록되어야 해요, 저는 메리 카마이클이 여기 있어 이야기하는 것처럼 말했습니다. 그리고 기록되지 않고 축적되어 온 삶과 침묵의 고통을 상상 속에서 느끼며 런던 거리들 한가운데를 머릿속으로 계속 지나갔습니다. 그 삶이 거리 모퉁이에서 통통하게 부푼 손가락에 반지를 끼고 양손을 옆구리에 댄 채 셰익스피어의 율동적인 대사를 읊는 것 같은 몸짓으로 말을 하고 있는 여자들의 것

* 1854년 크림전쟁 중 영국군과 러시아군이 벌인 전투. 승패가 판가름 나지는 않았으나 영국 시인 앨프레드 테니슨 경이 쓴 「경기병 여단의 돌격(Charge of the Light Brigade)」의 소재가 된 전투로 유명하다.

이든, 또는 제비꽃 장사와 성냥팔이와 출입구 아래 자리 잡은 쪼그랑 노파의 것이든, 아니면 해와 구름이 물결치듯, 다가오고 있는 남자들과 여자들과 상점 창문의 깜빡거리는 불빛을 얼굴에 아른거리며 이리저리 떠도는 소녀들의 것이든 간에 말입니다. 저는 메리 카마이클에게 말했습니다. 당신은 횃불을 손에 꽉 쥐고 저 모든 걸 탐험해야 할 겁니다. 무엇보다도 당신 자신의 영혼의 깊이와 얕음, 그 허영심과 관대함을 명확히 비추고, 당신의 아름다움 혹은 평범함이 당신에게 어떤 의미인지, 또는 모조 대리석으로 바닥을 깐 아케이드의 포목점들을 지나쳐 저 멀리 약병들에서 흘러나오는 희미한 냄새 한가운데 위아래로 흔들거리는 장갑과 신발과 잡동사니들의 이 끊임없이 변화하며 돌고 도는 세상이 당신하고 어떤 관계가 있는지도 말해야 합니다. 상상 속에서 저는 한 상점으로 들어갔습니다. 바닥은 검고 하얗게 포장鋪裝돼 있고, 놀랄 만큼 아름다운 색색깔의 리본들이 걸려 있었습니다. 메리 카마이클 역시 지나가면서 바라보았을지도 모른다는 생각이 들었는데, 안데스산맥의 어느 눈 덮인 봉우리나 암석 골짜기만큼이나 펜에 담기 딱 알맞은 광경일 것 같았기 때문입니다. 또 카운터 뒤에는 그 소녀가 있습니다—저는 나폴레옹의 삶에 관한 150번째 글이나, 노교수 Z나 Z와 같은 사람들이 지금 다루고 있는 '키이츠와 그가 사용한 밀턴풍의 도치법'에 관한 일흔 번째 연구보단 차라리 그녀의 진짜 역사를 쓰겠습니다. 저는 그녀가 또한 다른 성의 허영심에 대해—차라리 별난 습성이라 할까요, 그게 덜 공격적인 말이니까요— 분개하기보단 비웃는 걸 배워야 할 것 같다고 중얼거리며, 발꿈치를 들고(저는 얼마나 겁쟁이인지요. 언젠가 제 어깨에 내려앉을 뻔했던 채찍이 몹시 두렵군요) 신중하게 계속 나아갔습니다. 왜냐하면 머리통 뒤에는 본인 혼자선 절대 못 보는 동전만 한 점이 있으니까요. 머리 뒤통수의 동전 크기만 한 점을 묘사해 주는 것— 성이 성한테 수행해 줄 수 있는 좋은 임무 중 하나입니다. 유베날리스*의 세평에 의해 여자들이 얼마나 많은 이득을 보았는지 생각해 보세요. 스트린드베리**의 비평에 의해서도요. 초창기부터 남자들이 얼마나 친절하면서도 찬란히 머리 뒤통수의 그 어두운 부분을 여자들한테 지적해 왔는지 생각해 보세요! 만약 메리가 매우 용감하고 또 아주 정직하다면 그녀는 다른 성의 뒤로 가, 거기서 찾아낸 것을 우리한테 말해 줄 겁니다. 남자의 완성된 진짜 초상은 어떤 여자가 동전 크기의 점을 묘사하기 전엔 결코 채색될 수 없습니다. 우드하우스 씨와 캐서번*** 씨가 그런 크기와 성질의 점들입니다. 물론 상식적으로 어느 누구도 그녀한테 일부터 꾸짖고 비웃으라고 권유하지 않습니다. 문학은 그런 정신으로 쓰인 것의 무익함을 보

---

* Decimus Junius Juvenalis(55~140). 고대 로마의 시인. 도미티아누스 황제를 비롯해 수많은 황제들과 로마의 귀족들, 당시의 사회상에 대한 통렬하지만 유쾌한 풍자시로 유명하며, 풍자시 6편에서 여성을 공격하는 내용을 썼다.
** August Strindberg(1849~1912). 스웨덴의 극작가·소설가. 그의 여성 혐오는 최초의 결혼 생활 중에 쓰인 많은 작품에서 짙게 드러난다.
*** 조지 엘리엇의 『미들마치』 속 인물. 도로시아보다 열여섯 살 연상이었던 첫 남편.

여 줍니다. 진실하라, 말하겠지요. 그럼 그 결과는 놀랍도록 흥미로울 수밖에 없다고요. 당연히 코미디가 풍요로워지겠네요. 사실들은 반드시 새로이 드러나게 돼 있습니다.

하지만 메리 카마이클이 썼을 수도 있거나 써야 했을 것을 생각해 보는 대신, 실제 메리 카마이클이 쓴 것을 보는 게 낫겠지요. 이젠 정말로 눈을 다시 책으로 떨어뜨려야 할 때군요. 그래서 저는 다시 읽기 시작했습니다. 제가 그녀한테 어떤 불만을 가졌었던 게 기억났습니다. 그녀는 제인 오스틴의 문장들을 해체했고 그렇게 하고 나선 제 완벽한 기호를, 제 까다로운 귀를 자랑할 기회를 전혀 주지 않았습니다. "그래, 맞아요, 이 글은 아주 좋아요. 하지만 제인 오스틴이 당신보다 훨씬 잘 썼는걸요." 해봤자 아무 소용 없었기에, 저는 그들 사이에 유사성이 하나도 없다는 걸 받아들여야 했습니다. 그런데 더 나아가서 그녀는 장면 연결을—예상되는 그 순서를 파괴해 버렸습니다. 아마도 그녀는, 여성이 여성처럼 글을 쓴다면 으레 그랬을 것처럼, 사건들에 단지 자연적인 순서를 부여하다 보니 무의식적으로 그랬을 겁니다. 하지만 어떻든 그 결과는 당황스러웠습니다. 풍부한 사건 변화도, 다음 모퉁이에서 다가오는 위기도 볼 수 없었습니다. 따라서 제 감정들의 깊이와, 인간의 마음에 관한 저의 심오한 지식도 뽐낼 수가 없었습니다. 제가 일상적인 곳에서 벌어지는 일상적인 것들, 사랑이나 죽음에 관해 느끼려 하는 매 순간 그 성가신 창작물이, 중요한 지점은 조금 더 가야 있다고 하듯 저를 휙 잡아끌었기 때문입니다. 이처럼 그녀는 '근원적 감정들' '공통적인 인간 본성' '인간 마음의 깊이'에 관해서, 또 우리가 겉으론 아무리 영악할지라도 저 깊은 곳에서는 매우 진지하고 매우 심오하고 인도적이라는 우리 믿음을 뒷받침해 주는 그 밖의 다른 모든 구절들에 관해서, 제가 심금을 울리는 표현을 풀어놓는 걸 불가능하게 만들었습니다. 이와 반대로, 우린 어쩌면 진지하고 심오하고 인도적인 대신─이 생각은 훨씬 덜 매혹적입니다─ 단지 나태하고 게다가 상투적일 뿐이라고 느끼게 만들었습니다.

　하지만 저는 계속 읽었고, 어떤 다른 사실들도 주목했습니다. 그녀는 절대 '천재'가 아니었습니다. 그건 분명했습니다. 그녀한텐 윈칠시 부인, 샬럿 브론테, 에밀리 브론테, 제인 오스틴, 조지 엘리엇 같은 그녀의 위대한 전임자들이 품고 있던 자연에 대한 사랑, 광폭한 상상력, 야성적인 시성詩性, 눈부신 재치, 지혜로움이 하나도 없었습니다. 그녀는 도로시 오즈번처럼 운율적으로 기품 있게 쓸 수도 없었습니다. 실상 10년 후면 그녀가 쓴 책들이 출판사의 재생지로 사용될, 영리한 처녀일 뿐이었습니다. 하지만 그럼에도 불구하고, 심지어 50년 전만 해도 그녀보다 훨씬 위대한 재능을 가진 여성들한테 결여돼 있던 어떤 이점을 그녀는 갖고 있었습니다. 남자들은 그녀에겐 더 이상 '반대 당파'가 아니었습니다. 그들한테 폭언을 퍼부으며 시간을 낭비할 필요가 없는 거지요. 그녀는 지붕에 올라가 여행을 꿈꾸고 그녀한테 거부됐던 세상과 사람들에 관해 경험하고 알고 싶어 하는 갈망으로 마음의 평화를 망가뜨릴 필요가 없습니다. 공포와 증오는 거의 사라졌거나, 혹은 살짝 과장된 자유의 기쁨 속에서, 다른 성을 다룰 때 낭만적이기보단 신랄하고 빈정대는 경향 속에서만 그 흔적을 보였지요. 소설가로서 그녀가 고차원의 어떤 자연스러운 이점을 즐겼음은 의심의 여지가 없을 것입니다. 그녀는 매우 폭넓고 열정적이고 자유로운 감성을 가지고 있었습니다. 그 감성은 거의 감지하기 어려운 미세한 접촉에도 반응했습니다. 마치 대기 중에 새로 심어진 식물처럼 자신에게 다가오는 눈에 띄고 귀에 들리는 모든 것들을 한껏 즐겼습니다. 그건 또한 매우 미묘하고 신중하게, 거의 알려지지 않았거나 기록되지 않은 것들도 아울렀습니다. 작은 것들에도 불을 비추었고, 그것들이 어쩌면 결국 작은 것들이 아니었다는 걸 보여 주었습니다. 그건 묻혀 있던 것들을 불가로 가져왔고, 무슨 이유로 그것이 묻혀 있었는지 궁금하게 만들었습니다. 비록 서툴렀고, 단 몇 줄로도 귀를 기쁘게 했던 새커리나 램의 펜과 아주 조금이라도 관계가 있는 오래된 혈통을 무의식 속에 간직하고 있진 않다고 해도, 그녀는 첫 번째의 위대한 교훈을 터득했습니다.─ 그렇게 저는 생각하기 시작했습니다─ 그녀는 여성으로서 글을 썼지만, 자신이 여자란 걸 잊어버린 여성으로서 쓴 것이라서, 그녀가 쓴 각 페이지들은 성이 그 자신을 의식하지 못할 때만 생기는 기발한 성적 특질로 가득했습니다.

이 모든 것들이 득이 되는 것이었습니다. 하지만 그녀가 순식간에 흘러가는 사사로운 것들로, 무너지지 않고 지속적으로 남는 건축물을 지을 수 없다면 어떤 풍부한 감각과 섬세한 통찰력도 아무 소용 없는 것입니다. 저는 '어떤 상황'을 그녀 스스로 직면할 때까지 기다리겠노라 말했었습니다. 제가 의미했던 건, 단지 피상적으로 겉만 훑는 게 아니라, 부르고 손짓하고 한데 모으면서 저 아래 심연을 바라볼 수 있다는 걸 그녀가 입증할 때까지였습니다. 지금이 바로 그때라고, 어느 한순간 그녀가 자신한테 말할 것입니다. 어떤 억지스러운 짓을 하지 않고도 이 모든 것의 의미를 보여 줄 수 있다고 말입니다. 그리고 그녀는 신호를 보내서 불러내기 시작할 것이고—그 태동은 얼마나 명백한 것인지요!— 반쯤 잊혀진, 어쩌면 도중에 다른 챕터들 속에서 무심코 나왔었던 꽤 사소한 것들을 기억 속에 불러 세울 것입니다. 그리고 그녀는 우리가 바느질을 하거나 파이프 담배를 피우는 동안 가능한 한 자연스럽게 그것들의 존재가 느껴지게 할 것이고, 그녀가 글쓰기를 계속하는 동안 우린 마치 세상의 꼭대기로 가서 그 광경이 저 아래로 아주 웅장하게 펼쳐진 걸 보았던 것처럼 느낄 것입니다.

어쨌든, 그녀는 그런 시도를 하고 있었습니다. 그리고 그녀가 그 시험에 통과하기 위해 문장을 써나가는 걸 지켜보면서 저는 주교들과 장로들, 박사들과 교수들, 가부장들과 교육자들이 모두 그녀를 향해 경고와 충고를 외쳐 대고 있는 것을, 그녀는 보지 않았길 바라면서, 보았습니다. 당신은 이걸 할 수 없고 저걸 해선 안 돼요! 연구원들하고 학자들만 잔디밭에 들어갈 수 있다오! 숙녀분들은 소개장 없인 들어갈 수 없어요! 우아하고 포부 있는 여류 소설가들은 이쪽이오! 그들은 경주장 울타리의 관중들처럼 그녀를 향해 그렇게 계속 외쳐 댔고, 그녀가 치를 시험은 오른쪽인지 왼쪽인지 쳐다보지 않고 울타리를 넘는 것이었습니다. 저는 그녀에게 말했습니다. 만약 욕을 하려고 멈추면, 당신은 지는 거예요, 웃기 위해 멈추는 것도 마찬가지예요, 망설이거나 멈칫하면 그걸로 당신은 끝이에요. 오직 그걸 훌쩍 뛰어넘는 것만 생각하세요. 저는 마치 제 전재산을 건 것처럼 그녀에게 간청했고, 그녀는 한 마리 새처럼 그걸 넘었습니다. 하지만 그 너머에도 울타리가 있었고 또 그 너머에도 울타리가 있었습니다. 박수와 고함 소리가 신경을 곤두서게 만들었기 때문에 그녀한테 계속 나아갈 힘이 있을지 저는 의심스러웠습니다. 하지만 그녀는 최선을 다했습니다. 메리 카마이클이 절대 천재가 아니라, 충분한 시간, 돈, 여유 부리기 같은 그러한 어떤 바람직한 것들 없이 침실을 겸한 방에서 자신의 첫 소설을 쓰고 있던 무명의 소녀였다는 걸 감안하면, 저는 그녀가 아주 형편없지는 않았다고 생각했습니다.

마지막 장을 읽으면서 저는—누군가가 응접실의 커튼을 젖혀 놓아서, 별이 총총한 밤하늘에 사람들의 코와 노출된 어깨가 그대로 드러났습니다— 그녀에게 100년을 더 주자고 결론을 내렸습니다. 그녀에게 자기만의 방과 1년에 500파운드를 주고, 맘대로 자기 마음을 말하고 지금 그녀가 쓰고 있는 것에서 절반만 빼버리게 하면 그녀는 조만간 더 나은 책을 쓸 것입니다. 메리 카마이클이 쓴 『삶의 모험』을 책꽂이 맨 끝에 꽂으며 저는 말했습니다. 100년이 더 흐른 후에는 그녀는 시인이 될 거라고 말입니다.

*b*

    다음 날 10월 아침의 햇살이 커튼을 치지 않은 창을 뚫고 들어와 먼지 낀 창틀로 떨어지고 있었고, 거리의 차 소리들은 점점 활기차졌습니다. 런던은 이때부터 힘찬 하루를 준비하고 있었습니다. 공장이 잠에서 깨어났고 기계가 돌아가기 시작했습니다. 이렇게 책 읽기를 모두 마치고 창밖을 내다보니, 1928년 10월 26일 아침 런던은 뭘 하고 있는지 보고 싶은 마음이 들었습니다. 런던은 뭘 하고 있었을까요? 아무도 『안토니우스와 클레오파트라』를 읽고 있지는 않았습니다. 그래 보였습니다. 런던은 셰익스피어의 희곡에 완전히 무관심했습니다. 그런 것 같았습니다. 아무도 소설의 미래와 시의 죽음, 또는 평범한 여성이 자신의 마음을 완벽하게 표현해 내는 산문체를 발달시킨 것에 지푸라기만큼의 신경도 쓰지 않았습니다. 제가 사람들을 탓하는 건 아닙니다. 설사 이런 문제들에 관한 어떤 의견을 흰 분필로 도로에 적어 놓았다 해도, 그걸 읽으려고 아무도 허리를 굽히지 않았을 것입니다. 30분만 지나면 분주한 발길들이 냉담하게 그것들을 지워 버렸겠지요. 이리로 심부름하는 소년이 다가왔습니다. 어떤 여자가 개 한 마리를 끌고 걸어왔습니다. 런던 거리의 매혹적인 점은 똑같아 보이는 사람이 심지어 단 한 명도 없다는 것입니다. 각자 자신의 고유한 일에 매여 있는 것 같았습니다. 작은 가방을 든 회사원 같은 사람들도 있었습니다. 가드레일에 지팡이를 덜그덕거리는 부랑자들도 있었습니다. 이륜마차에 탄 사람들한테 큰 소리로 안부 인사를 건네고 청하지 않았는데 소식을 전해 주는 그런 붙임성 좋은 인물들한테 거리는 사교장입니다. 또 장례식 행렬도 지나갔고 사람들은 자신들의 육체도 사라지리란 것을 불현듯 떠올리며 모자를 들어 올렸습니다. 뒤를 이어 아주 품위 있는 어떤 신사가 천천히 현관문 계단을 내려오다가, 어찌어찌해서 획득한 멋진 털 코트를 입고 오랑캐꽃 다발을 든 어떤 부산스러운 부인과 부딪히지 않으려고 그대로 멈춰 섰습니다. 그들 모두 각기 자신만의 일에 몰두한 것처럼 보였습니다.

런던에선 아주 흔히 일어나는 일인데, 지금 이 순간 교통이 완전히 중지되어 소강상태가 되었습니다. 그 무엇도 거리에 얼씬거리지 않았고, 아무도 지나가지 않습니다. 길거리 끝의 플라타너스 나무에서 잎 하나가 떨어져 나와, 그 중단과 정지의 순간으로 떨어졌습니다. 어쩐지 그건 어떤 신호가, 우리가 간과해 왔던 사물들에 내재한 어떤 힘을 가리키는 신호가 떨어지는 것 같았습니다. 그건 옥스브리지의 강물이 자기의 보트에 대학생과 낙엽들을 실었던 것처럼, 강이 보이지 않게 모퉁이를 돌아 거리를 지나면서 사람들을 싣고 소용돌이를 일으키며 흘러가는 것을 가리키는 듯했습니다. 이제 강은 거리의 어느 한 방향에서 대각선으로 독특한 가죽 부츠를 신은 한 소녀를 데려왔고, 다음은 적갈색 외투를 입은 한 남자를 데려오고 있었습니다. 그건 또한 택시를 데려오고 있었습니다. 그러더니 이제 그 셋을 곧바로 제 창문 바로 아래 한 지점으로 모두 데려왔고, 거기서 택시가 멈추고, 그 소녀와 젊은 남자가 멈췄으며, 그리고 그들은 택시에 올라탔습니다. 그러더니 택시가 어딘가에서 밀려온 물살을 탄 것처럼 미끄러져 갔습니다.

그 광경은 지극히 평범한 것이었습니다. 이상했던 건 제 상상력이 거기에 율동적인 질서를 부여했다는 것과, 두 사람이 택시에 오르는 그 평범한 광경이 그들이 만족스러워 보이는 것 같다는 걸 전달해 주는 힘을 가졌다는 사실이었습니다. 택시가 방향을 돌려 떠나는 걸 지켜보면서 저는, 두 사람이 거리를 걸어와 모퉁이에서 만나는 광경이 마음의 어떤 긴장을 덜어 준 것 같다는 생각이 들었습니다. 어쩌면 이틀간 한쪽 성을 다른 쪽 성과 구분해 생각해 왔던 것이 몹시 힘들었던 모양입니다. 그건 마음의 통일성을 흐트러뜨립니다. 이제 그 힘든 노고가 끝났고 두 사람이 같이 걸어와 택시를 타는 걸 보는 것으로 마음의 통일성이 회복됐습니다. 창에서 머리를 떼면서, 새삼 마음이란 건 확실히 몹시 신비로운 기관이란 생각이 들었습니다. 우리는 아주 전적으로 거기에 의존하는데, 그럼에도 불구하고 그것에 관해 알려진 건 거의 없습니다. 왜 제겐 마음에도 절단과 대립이 있다고 느껴지는 걸까요? 명백한 원인들로 인해 몸이 긴장하듯이 말입니다. '마음의 통일성'이란 무엇을 뜻하는 걸까요? 곰곰이 생각해 보았습니다. 분명히 마음은 아무 때고 어느 한순간에 집중할 수 있는 엄청난 힘을 지니고 있기에 절대 단일한 상태로 존재하지는 않는 것 같습니다. 이를테면 그건 거리의 사람들한테서 스스로를 분리시킬 수 있고, 위층 창문에서 사람들을 내려다보면서 자신이 그들한테서 떨어져 나왔다고 의식할 수도 있습니다. 혹은, 이를테면 어떤 뉴스가 발표되길 기다리는 군중 속에서 그건 다른 사람들하고 같이 자발적으로 생각할 수도 있습니다. 제가 여성의 글쓰기가 자신의 어머니들을 거슬러 올라 생각하는 것이라 했었던 것처럼, 아버지들 또는 어머니들을 통해 생각을 거슬러 오를 수도 있습니다. 다시 말하지만 만약 여성이라면 이번에도 역시 갑작스럽게 떨어져 나온 의식의 분리에 종종 놀랍니다. 가령, 문명의 당연한 상속인으로 화이트홀*을 걸어가고 있다가, 그 반대로 문명 바깥쪽의 낯설고 비판적인 사람이 되는 것입니다. 마음은 늘 명확하게 관심 대상을 바꾸고, 세상을 다른 관점 속으로 데려옵니다. 하지만

* Whitehall. 런던에 의회와 관청이 늘어서 있는 거리.

어떤 상태의 마음들은, 자발적으로 든 마음이라 하더라도 다른 상태의 마음보다 불편합니다. 자신을 계속 그 속에 붙잡아 두려고 무의식적으로 무엇인가를 억제하게 되고, 억압하는 게 점차 힘이 들게 됩니다. 하지만 아무 억제할 필요가 없기에 힘들게 애쓰지 않아도 지속시킬 수 있는 상태의 마음도 아마 있겠지요. 저는 창에서 몸을 돌려 방 안으로 걸어가며, 아마 이게 그런 것들 중 하나일지도 모른다는 생각이 들었습니다. 그 커플이 택시에 오르는 걸 봤을 때, 분리되어 있던 마음이 다시 자연스럽게 융화된 것 같은 확실한 느낌이 들었기 때문입니다. 두 성이 서로 협력하는 게 자연스러운 것이란 게 그 명백한 이유일 것입니다. 우리는, 설사 비이성적이라 할지라도 남자와 여자의 결합이 최고의 만족과 가장 완벽한 행복을 빚어낸다는 이론을 거드는 뿌리 깊은 본능을 가지고 있습니다. 하지만 두 사람이 택시에 타던 광경과 거기서 느껴지던 만족감은 또한 저로 하여금, 육체의 두 가지 성에 상응해 마음속에도 두 개의 성이 있는 것인지, 그것들 역시 완벽한 만족과 행복을 얻기 위해 결합될 필요가 있는 것인지 묻게 만들었습니다. 그래서 저는 영혼의 구상을, 그러니까 우리 개개인 속에 차지한 두 개의 힘, 한 남성, 한 여성을 서투르게 스케치했습니다. 남성의 두뇌에서는 남성이 여성보다 우위를 차지하고, 여성의 두뇌에서는 여성이 남성보다 우세합니다. 정상적이고 편안한 상태란 건 둘이 함께 조화를 이루며, 정신적으로 서로 협력하는 것입니다. 만약 남성이라면 여전히 그의 뇌의 여성 쪽 부분이 영향을 끼쳐 왔을 것이고 여성 또한 자신 속의 남성과 교류해 왔을 것입니다. 콜리지*가 위대한 마음은 양성의 특징을 지닌다고 했을 때 의미했던 게 아마 이런 거였겠지요. 마음이 충분히 풍성해지고 그 기능들을 다 쓰는 건 이 융화가 일어날 때입니다. 순전히 남성적인 마음은 아마 순전히 여성적인 마음 이상으로 창조적일 수 없다는 생각이 들었습니다. 하지만 여성적인 남자란, 그리고 반대로 남성적인 여자란 무엇을 의미하는지, 잠시 멈춰서 한두 권의 책을 보며 제대로 살펴보는 게 좋겠군요.

콜리지가 위대한 마음은 양성의 특징을 지닌다고 했을 때 그건 여성에게 어떤 특별한 공감을 느끼는 마음, 그들의 주장을 받아들이고 제대로 그들을 이해하는 데 주력하는 마음을 의미한 건 분명히 아니었습니다. 아마 양성적인 특징을 지닌 마음이란 건 단성적인 마음보다 이런 구분들을 덜 하는 마음일 듯싶습니다. 그가 의미했던 양성적인 마음이란 아마 공명하고 스며드는 마음이었을 것입니다. 굴곡 없이 감정을 전달하는 마음, 자연스럽게 창조적이고 눈부시게 빛나는 온전한 마음이었을 것입니다. 사실 양성적인, 여성적인 남성 유형의 마음으로서 우린 다시 셰익스피어의 마음으로 돌아갑니다. 셰익스피어가 여성에 대해 어떤 생각을 갖고 있었다고 말

---

* Samuel Taylor Coleridge(1772~1834). 리엄 워즈워스와 함께 쓴 『서정민요집』은 영국 낭만주의 운동의 시발이 되었고, 그의 『문학평전』은 영국 낭만주의시대에 나온 일반 문학 비평 중 가장 중요한 작품이라 일컬어진다.

하는 건 비록 불가능할지라도 말입니다. 만일 어떤 성을 특별하게 생각하거나 또는 성을 구분지어 생각하지 않는 것이 온전하게 발달한 마음의 징표인 게 맞다면, 지금의 조건은 그런 상태에 이르기가 과거 어느 때보다 얼마나 훨씬 더 힘든 것일까요. 저는 여기 생존한 작가들의 책이 있는 곳으로 와 멈춰 섰고, 그런 사실이 오래도록 저를 괴롭혔던 무언가의 근원에 자리하는 건 아닌지 궁금해졌습니다. 어느 세대도 우리만큼 집요하게 성을 의식했던 적은 없었습니다. 대영박물관에 있는, 남성이 쓴 여성에 관한 셀 수 없이 많은 책들이 그 증거입니다. 선거권 운동도 분명히 한 원인이었고 말입니다. 그 운동은 남자들을 독불장군으로 만든 엄청난 욕망을 불러일으켰던 게 확실합니다. 그건 만약 도전 받지 않았더라면 생각하느라 골치 썩지도 않았을 자기들의 성과 그 특징들을 강조하게 만들었을 것입니다.

도전을 받으면, 설사 그게 겨우 검은 보닛 모자를 쓴 여자들 몇몇이라 해도 보복을 하게 됩니다. 만약 그전에 한 번도 도전 받은 적이 없다면 다소 과격하게 말이지요. 지금이 그의 전성기이자 평론가들에 의해 명백히 높이 평가되는 A씨의 신작 소설을 꺼내들면서, 그러한 사실이 어쩌면 제가 이 책에서 발견했던 걸로 기억하는 몇 가지 특징들을 설명해 줄지 모른다는 생각이 들었습니다. 책을 펼쳤습니다. 정말이지, 다시 남성이 쓴 글을 읽는 건 즐거웠습니다. 여성들의 글을 읽은 후에 읽는 그것은 아주 직접적이고도 매우 솔직한 것이었습니다. 그건 마음의 해방, 개인의 자유, 스스로에 대한 자신감을 암시하는 것이었습니다. 태어나는 순간부터 단 한 번도 방해받거나 거부당한 적 없이 뭐든 하고 싶은 대로 뻗어 나간, 풍부한 영양을 섭취하고 좋은 교육을 받은 이 자유로운 정신 앞에서 저는 몸이 편안해지는 기분이 들었습니다. 이 모든 것이 경탄스러웠습니다. 하지만 한두 페이지를 읽고 나자, 페이지를 가로지르며 어떤 그림자가 드리워진 것처럼 느껴졌습니다. 그건 곧고 검은 막대였고 알파벳 'I' 같은 형태의 그림자였습니다. 그 뒤로 어떤 풍경이 있는지 살펴보려고 이리저리로 몸을 휙 움직이기 시작했습니다. 그것이 실제로 나무였는지, 걸어오는 한 여자였는지 뭐라 확신할 수가 없었습니다. 다시 봐도 항상 글자 'I'가 신나게 인사를 건넸습니다. 글자 'I'에 싫증이 나기 시작했습니다. 그 'I'가 몹시 존경할 만한, 정직하고 이성적이고 호두처럼 단단한, 몇 세기에 걸쳐 훌륭한 교육을 받고 좋은 영양분을 섭취한 세련된 'I'가 아니라서 그런 건 아니었습니다. 저는 진심으로 그 'I'를 존경하고 찬사를 보냅니다. 하지만―여기서 저는 뭔가를 좀 찾아보려 한두 페이지를 넘겼는데― 가장 최악이었던 건 글자 'I'의 그림자 속에서 모든 것이, 마치 안개가 낀 듯 형체가 없었다는 것입니다. 저건 나무인가요? 아니요, 저건 여자입니다. 하지만… 그녀의 육체엔 뼈가 하나도 없다고, 해변을 가로지르며 다가오고 있는 피비를 바라보며, 그게 그녀의 이름이었으니까요, 저는 생각했습니다. 그때 앨런이 일어났고 앨런의 그림자가 즉시 피비를 지워 버렸습니다. 앨런한테는 자기 견해들이 있었고 피비는 그의 넘쳐나는 견해 속에서 찍소리도 못했으니까요. 게다가 앨런한테는 열정도 있다는 생각이 들었습니다. 여기서 저는, 위기일발의 장면이 가까워지고 있다고 느끼면서 페이지를 연거푸 재빨리 넘겼는데, 정말 그랬습니다. 태양 아래 해변에서 그 일이 일어났지요. 아주 공공연히 행해졌습니다. 몹시 정력적으로 말이에요. 어떤 것도 이보다 더 외설적일 순 없었을 겁니다. 하지만……. 저는 너무 자주 '하지만'을 말하고 있습니다. 계속 '하지만'만 말하고 있을 순 없지요. 어떻게든 문장을 끝내야 한다고, 저는 스스로를 질책했습니다. 이렇게 끝낼까요. "하지만— 저는 지루해졌습니다!" 하지만 왜 저는 지루해졌을까요? 부분적으로는 글자 'I'와 그 그늘 속으로 던져진 거대한 너도밤나무 같은 무미건조함 때문이겠지요. 거기선 아무것도 자라지 않을 거예요. 그리고 또 부분적으로는 좀더 모호한 이유 때문이기도 합니다. A씨의 마음에 어떤 방해물이, 창조적 에너지의 샘물을 막고 비좁은 한계 속으로 몰아넣는 어떤 장애가 있는 것처럼 보입니다. 옥스브리지에서의 오찬 파티, 그 담뱃재와 맹크스고양이와 테니슨과 크리스티나 로제티를 한 뭉치로 떠올려보니, 장애는 바로 거기 놓여 있을 것 같기도 했습니다. 피비가 해변을 가로지를 때, 앨런이 더이상 "영롱한 눈물 한 방울이 떨어졌네 문가 시계꽃에서"라고 나지막이 흥얼거리지 않는 것처럼, 그녀도 앨런이 다가갔을 때, "내 가슴은 노래하는 새와 같아요, 물오른 여린 가지에 둥지를 튼."이라고 더 이상 화답하지 않는다면, 그가 무엇을 할 수 있을까요? 대낮처럼 정직하고 태양처럼 논리적이라, 그가 할 수 있는 것은 하나밖에 없습니다. 그는, 그로선 당연하게도, 그것을 하고, 하고 또 하고(저는 페이지를 넘기면서 말하고 있습니다), 거듭 반복합니다. 그리고 그건, 저는 고백이란 게 본래 끔찍하다는 걸 압니다만, 다소 따분해 보입니다. 셰익스피어의 외설은 마음속 수천 가지 것들의 뿌리를 뽑고, 따분한 것과는 천지차이입니다. 셰익스피어는 재미로 그렇게 하지만 A씨는, 유모들이 말하듯, 부러 그리합니다. 그가 그리하는 건 항의하는 겁니다. 그는 자기 성이 우월하다고 강력히 주장하면서 다른 성의 평등함에 항의합니다. 그런고로 그는 방해받고 억제되고, 클러프* 양과 데이비스 양을 만났더라면 셰익스피어 역시 그랬을지도 모르지만, 자의식적입니다. 만약 여성운동이 19세기가 아닌 16세기에 시작됐더라면, 엘리자베스시대의 문학은 틀림없이 아주 달랐을 것입니다.

그럼, 만약 마음이 양면적이란 이론이 합당하다면, 남자답다는 건 이제 자신을 의식하게 되었다는 것— 남자들이, 말하자면 그들 뇌의 오로지 남성적인 부분으로 글을 쓴다는 것입니다. 여성이 그런 것들을 읽는 건 바람직하지 않을 것입니다. 자신이 찾는 무언가를 발견하지 못할 건 불 보듯 뻔할 테니까요. 시 예술에 대해 언급한 B씨의 비평을 손에 들고 매우 주

* Anne Jemima Clough(1820~1892). 영국의 교육자 · 여권운동가. 케임브리지대학교 뉴넘칼리지의 초대 학장을 지냈다.

의 깊게 아주 충실히 읽으면서 저는 거기서 가장 많이 놓치고 있는 게 암시하는 힘이란 생각이 들었습니다. 그의 비평들은 아주 훌륭하고 예리하고 풍부한 지식을 갖췄지만 문제는 그의 감정이 더는 전달되지 않는다는 것이었습니다. 그의 마음은 한 방에서 나는 소리가 다른 방에선 들리지 않는 여러 방들로 분리된 것 같았습니다. 이처럼, B씨의 문장을 머릿속에 가져가면 그건 바닥으로 풀썩 떨어져ㅡ 죽어 버립니다. 하지만 콜리지의 문장을 머릿속에 가져가면 폭발적으로 증가해서 온갖 종류의 다른 아이디어들을 낳는데, 그것이 영원한 삶의 비밀을 담고 있다고 할 수 있는 유일한 종류의 글쓰기입니다.

하지만 이유야 뭐든 그건 한탄할 수밖에 없는 사실입니다. 왜냐하면 그건ㅡ저는 골즈워디* 씨와 키플링** 씨가 쓴 책들이 꽂혀 있는 줄에 와 있습니다ㅡ 우리 시대의 가장 위대한 살아 있는 작가들이 쓴 가장 훌륭한 어떤 작품들이 소귀에 경 읽기가 되는 걸 의미하기 때문입니다. 여성이 그 책을 읽는 건, 비평가들이 그 속에 영원한 샘물이 있다고 장담하지만 여성은 발견할 수 없는, 그런 책들을 읽는 게 될 것입니다. 단지 남성의 미덕을 찬양하고, 남성의 가치들을 강화하고 남성들의 세계를 묘사했기 때문이 아닙니다. 그건 그 책들에 만연한, 여성이 이해하기 힘든 정서입니다. 나오고 있어, 모이고 있

---

* John Galsworthy(1867~1933). 영국의 소설가·극작가. 1932년 노벨문학상을 받았다.
** Joseph Rudyard Kipling(1865~1936). 영국의 소설가·시인. 인도의 봄베이에서 태어났으며, 『정글북』의 작가로 알려져 있다.

어, 이제 머릿속에서 터지려는 참이야. 끝나기 한참 전에 이리 말하기 시작합니다. 그 그림은 늙은 조리온*의 머리로 떨어질 것입니다. 그는 충격으로 사망하겠죠. 늙은 서기는 두세 마디 말로 그의 부고를 전할 것이고요. 그리고 템스강의 모든 백조들이 갑자기 일제히 노래하기 시작할 겁니다. 하지만 여성은 그런 일이 일어나기 전 얼른 구스베리 덤불로 몸을 숨길 겁니다. 남자에게는 매우 깊고 매우 섬세하고 매우 상징적인 감정이 여자한테는 의아하게 느껴져 숨게 만드니까요. 등을 돌리고 있는 키플링 씨의 장교들도 그렇고요. **씨를 뿌리는, 그의 씨 뿌리는 사람들**도요. 또 혼자 자기 일만 하는 그의 **남자들**도요. 그리고 **깃발**도요— 남자들의 완벽히 난잡한 어떤 파티를 몰래 엿듣다 들킨 것처럼 여성은 이 모든 강조된 글자들에 얼굴이 붉어집니다. 실상 골즈워디 씨도 키플링 씨도 내면에 여성적인 불꽃이 없었습니다. 어쩌면 일반화한 것일진 모르지만 그들의 모든 자질은, 따라서 여성에겐 조잡하고 미성숙해 보입니다. 그들에겐 암시할 수 있는 힘이 결여돼 있습니다. 암시할 수 있는 힘이 결핍돼 있으면, 그 책은 마음의 표면을 세게 칠지는 모르나 그 속으로 뚫고 들어갈 수는 없습니다.

이러한 불편한 기분으로 저는 책을 꺼냈다가 쳐다도 안 보고 다시 제자리에 꽂아 놓으며, 앞으로 다가올, 자기 확신으로 똘똘 뭉친 남성다움의 시대를 그려 보기 시작했습니다. 교

* 존 골즈워디의 장편 연작소설 『포사이트가 이야기(The Forsyte Saga)』(1922) 속 인물.

수들의 편지(월터 롤리 경*의 편지들을 예로 들자면)에서 예견됐던 것처럼, 그리고 이탈리아 통치자들이 이미 그걸 실현시켰던 것처럼요. 가차 없이 남성다운 감각으로만 통치된 로마에서는 그런 인상을 받지 않을 수가 없지요. 완전한 남성다움이 국가에 어떤 가치가 있었든 간에, 시 예술에 끼친 영향에 대해서 질문해 볼 수는 있겠군요. 어쨌든 신문들에 따르면, 이탈리아에선 픽션에 관한 어떤 조급함이 있습니다. '이탈리아 소설 발전시키기'를 목적으로 하는 학술회원들의 모임이 개최돼 왔었고 말입니다.

'신분상 또는 금융계와 산업계 혹은 파시스트 연맹의 유명 인사들'이 어느 날 함께 모여, 그 문제를 토론했고, '파시스트 시대에 걸맞은 시인을 낳을 것'이란 희망을 나타내는 전문을 총통한테 보냈습니다. 우리 모두 이 경건한 희망에 동참할 수 있을지도 모르겠지만, 시가 인큐베이터에서 나올 수 있는 건지는 의심스럽군요. 시한테는 아버지뿐 아니라 어머니도 있어야 합니다. 파시스트적 시들은, 무서운 얘기 같지만 어느 시골 마을 박물관의 유리병에서 볼 수 있을 그런 몸서리쳐지는 작은 미숙아가 될 것입니다. 그런 괴물들은 절대 오래 살지 못한다고 하며, 그런 류의 기괴한 것이 들판에서 풀을 뜯어 먹고 있는 걸 본 적은 한 번도 없었습니다. 몸통 하나에 머리 두 개로는 오래 살지 못합니다.

---

* Sir Walter Raleigh(1552 or 1554~1618). 영국의 탐험가·작가. 유럽에 담배를 대중화한 것으로 알려져 있고, 그의 이름을 딴 '서 월터 롤리'란 술이 있다.

그렇지만, 만일 책임을 묻고 싶어 안절부절못한다면, 이 모든 일에 대한 책임은 더는 어느 한쪽 성에 있지 않습니다. 모든 선동가들과 개혁가들이 책임을 져야 합니다. 그랜빌 경한테 거짓말을 했던 베스버러 부인, 그레그 씨한테 진실을 말했던 데이비스 양 모두요. 성을 의식하는 상태를 야기시킨 모두를 탓해야 합니다. 책을 통해 스스로를 발전시키고 싶을 때, 데이비스 양과 클러프 양이 태어나기 전, 작가가 자기 마음의 양면을 똑같이 사용했던 행복한 시대에서 그런 책을 찾도록 만드는 게 그들입니다. 그럼 셰익스피어에게로 돌아가야만 합니다. 셰익스피어는 양성의 특질을 지녔으니까요. 키이츠도 스턴도 쿠퍼와 램과 콜리지도 그랬습니다. 셸리는 아마 무성적이었던 것 같고 말입니다. 밀턴과 벤 존슨한텐 남성적 활기가 너무 많았습니다. 워즈워드와 톨스토이도 그랬고요. 우리 시대에는 프루스트가 전적으로 양성적입니다. 어쩌면 여성적인 면이 약간 과한 것도 같습니다. 하지만 불평을 늘어놓기에 그 결점은 너무 진귀한 것입니다. 그런 식으로 섞이지 않고는 지능이 너무 압도적이 되어 마음의 다른 기능들을 굳게 해 황폐해질 수 있기 때문입니다. 이것은 어쩌면 지나가는 단계이리라 생각하며 저는 스스로를 위로했습니다. 그렇지만 여러분에게 제 생각의 과정을 보여 주겠다는 약속에 따라 제가 말했던 많은 것들이 케케묵은 것처럼 보일지도 모릅니다. 제 눈에는 불꽃으로 보이는 많은 것들이 아직 자기 시대가 도래하지 않은 여러분에게는 모호해 보일 수도 있습니다.

그렇긴 해도 여기에 제가 쓸 첫 문장은—저는 방을 가로질러 필사용 테이블로 가서 서두에 **여성과 픽션**이라 적은 종이를 집어 들며 말했습니다— 누구라도 자신들의 성을 염두에 두고 쓰면 반드시 실패한다는 것입니다. 순전한 남성이나 여성이 되는 건 치명적입니다. 반드시 남성적인 여성, 여성적인 남성이어야 합니다. 여성으로서 아주 조금이라도 어떤 불만을 강조하는 것, 심지어 정당한 이유를 들며 항변하는 것, 어떤 식으로든 의식적으로 여성으로서 말하는 것 모두 치명적입니다. 그리고 치명적이란 절대 수사적 표현이 아닙니다. 편파적인 의식으로 쓰인 것은 그게 뭐든 간에 소멸되고 말 테니까 말입니다. 그건 비옥해지길 멈춥니다. 하루 이틀은 겉보기에 뛰어나고 감동적이고 힘 있는 걸작처럼 보일지 몰라도, 날이 저물면 시듭니다. 타인들의 마음속에서 그런 건 자랄 수 없습니다. 예술을 창조하기에 앞서 마음속의 여성과 남성 사이에서 어떤 협동이 이루어져야 합니다. 반대되는 것들 사이의 어떤 합일이 절정에 달해야 합니다. 작가가 경험을 꽉 채워 대화하고 있다는 느낌을 우리한테 주려면 우리가 그걸 느낄 수 있게 마음을 활짝 열어야 합니다. 거기엔 자유가 있고 거기엔 평화가 있어야만 합니다. 삐걱거리는 바퀴 하나, 희미한 불빛 하나도 없어야 합니다. 커튼이 완전히 드리워져야 합니다. 저는 생각했습니다. 작가는 일단 자기의 경험이 끝나면, 자리에 반듯하게 누워 어둠 속에서 그의 마음이 그 혼례를 기릴 수 있도록 해야 한다고 말입니다. 무슨 일이 벌어지고 있는지, 쳐다보지도 묻지도 말아야 합니다. 차라리 장미 꽃잎들을 떼어 내거나 고요히 강을 떠내려가는 백조들을 바라보아야 합니다. 그리고 저는 또다시 보트와 대학생과 낙엽들을 실은 물살을 보았습니다. 남자와 여자를 태운 그 택시도요. 저는 함께 거리를 가로지르며 오던 그들을 본 것을 생각했고, 런던을 달리는 차들의 희미한 굉음을 들으며, 물살이 그들을 거대한 물결 속으로 휩쓸어 가버렸다고 생각했습니다.

자, 메리 비턴의 말은 여기서 끝납니다. 그녀는 여러분이 시나 소설을 쓰려면 1년에 500파운드와 문에 잠금 장치가 있는 방이 반드시 있어야 한다는 결론—평범한 결론—에 어떻게 도달했는지를 여러분에게 말하고 있었습니다. 그녀는 이런 생각을 하도록 이끈 사유와 그녀가 받은 인상들을 솔직히 꺼내 놓으려고 노력했습니다. 그녀는 여러분한테 교구 직원이 막아선 데 격분하고, 여기서 점심을 저기서는 저녁을 먹고, 대영박물관에서 그림을 그리고, 책꽂이에서 책들을 꺼내고, 창밖을 내다보는 자신을 따라올 것을 요청했습니다. 그녀가 이 모든 걸 하고 있던 동안 여러분은 틀림없이 그녀의 실패와 약점을 지켜보면서 이것들이 그녀의 의견에 어떤 영향을 끼쳤는지 판단했을 것입니다. 여러분은 그녀에게 반론을 제기하면서 뭔가를 추가하고 추론했을 것인데 그건 바람직한 것 같습니다. 다 그래야 하는 것입니다. 왜냐하면 이런 문제에서 진실은 다양한 많은 오류들을 함께 놓고서야 얻을 수 있는 것이니까요.

그리고 이제 저는 너무 명백해서 여러분이 놓칠 리 없다고 예상되는 비평을 제 스스로 하면서 마치도록 하겠습니다.

여러분은, 서로 비교해 봤을 때 각각의 성이 지니는 장점들, 더욱이 작가로서 각 성이 지니는 상대적 장점에 관해선 어떤 의견도 피력된 바 없다 할지도 모르겠습니다. 그건 일부러 그랬던 것인데, 왜냐하면 설사 그런 걸 평가할 시간이 있었다 해도─지금으로선 그것들의 가능성을 이론화하기보단 여성한테 얼마나 많은 돈이 있었고 얼마나 많은 방이 있었는지 아는 것이 훨씬 더 중요하기 때문이고, 또 설사 그런 기회가 있었대도 저는 그 재능들이, 정신에 관한 것이든, 개성에 관한 것이든 간에 설탕과 버터처럼 무게를 잴 수 있는 것이라고 보지 않습니다. 사람들의 이름을 딴 글자들의 첫 시작을 대문자로 고정시키고 사람들을 등급별로 분류하는 데 능숙한 케임브리지에서조차도 그렇게 하리라고 생각하지 않습니다. 저는 여러분이 휘터커 연감에서 볼 상류계층 도표조차도 가치들의 최종적인 서열을 나타내는 것이라고 생각하지 않습니다. 또는 만찬을 하러 들어갈 때 바스 훈장을 수여한 지휘관이 정신병원 원장 다음에 마지막으로 들어갈 거라 짐작할 어떤 타당한 이유도 없다고 생각합니다. 한쪽 성이 다른 쪽 성에 맞서고, 한쪽 자질이 다른 자질에 맞서는 이 모든 대립, 자신의 우월성을 주장하고 열등함은 남의 것으로 전가하는 이 모든 행위는, '편'을 가르고, 한쪽이 다른 쪽을 필히 이겨야 하고, 단상에 걸어 나가 교장 선생이 직접 두 손으로 수여하는 멋지게 장식한 상패를 받는 것을 가장 중요한 것으로 생각하는, 인간 존재의 초등학교 단계에 속합니다. 사람들은 성숙해짐에 따라 점차 편이라든가, 교장 선생, 멋진 상패를 더는 믿지 않습니다. 어쨌든 책에 관한 한, 그 장점들을 적은 꼬리표를 떨어져 나가지 않을 만한 방법으로 붙여 놓기란 정말 어렵습니다. 판단의 어려움을 설명하는 데 늘 실례實例로 등장하는 것이 바로 현대 문학에 대한 평론들 아닐까요? 같은 책이 각각, '이 위대한 책', '이 무가치한 책'이라 불립니다. 칭찬과 비난은 똑같이 어떤 것도 의미하지 않습니다. 정말 그렇습니다. 가치를 재는 오락이 즐거울지는 몰라도 그건 진짜 쓸모없는 직업이고, 측정해서 내려진 판결에 복종하는 것은 정말 비굴한 태도입니다. 여러분이 쓰고 싶은 것을 쓰는 한, 그거면 됐지 다른 것은 하나도 중요하지 않습니다. 그게 몇 세기간 중요시될지, 겨우 몇 시간에 그칠지는 아무도 모르는 거지요. 하지만 손에 은빛 상패를 들고 있는 교장이나, 소맷자락 위로 측정하는 막대가 불쑥 보이는 대학교수에 복종해서 여러분의 통찰력을 한 올이라도 희생시키고 빛을 바래게 하는 것은 가장 굴욕적인 기만입니다. 인간의 가장 큰 재앙이라 일컫는 부와 순결을 잃는 것도 이에 비하면 그저 벼룩한테 물린 정도입니다.

다음으로 여러분이 이의를 제기할지도 모른다고 생각되는 것은, 제가 물질적인 것을 너무 지나치게 중요시했다는 것입니다. 심지어 너그럽게, 1년에 500파운드는 심사숙고할 수 있는 힘을, 문에 달린 자물쇠는 주체적으로 생각할 수 있는 힘을 상징하는 것으로 생각할 여지가 있다 한대도, 여러분은 여전히 마음은 그러한 것들을 뛰어넘어야 하고 위대한 시인들은 종종 가난한 남자들이었다고 할지도 모릅니다. 그럼 시인이 되려면 어떻게 해야 하는지 저보다도 더 잘 알고 있는 여러분의 문학 교수가 한 말들을 인용해 보겠습니다. 아서 퀼러쿠치 경*은 이렇게 말합니다.

"지난 100여 년간 위대한 이름을 남긴 시인들은 누구인가? 콜리지, 워즈워스, 바이런, 셸리, 랜더, 키이츠, 테니슨, 브라우닝, 아널드, 모리스, 로제티, 스윈번…… 여기서 멈춰도 될 것이다. 이들 중 키이츠, 브라우닝, 로제티만 빼고 다 대학에서 수학했고, 이 셋 중에서 한창 전성기 때 젊은 나이로 죽은 키이츠만 유일하게 유복하지 못했다. 잔인하게 들리는 말이지만, 또 슬픈 얘기지만, 시적 천재성이 부자든 가난한 사람이든 똑같이 마음 가는 대로 깃든다는 이론은 엄밀히 말하면 거의 진실이 아니다. 엄연한 사실은 저 열두 명 중에서 아홉이 대학 출신이었다는 것이다. 그건 그들이 영국이 줄 수 있는 최고 교육을 조달받을 수 있는 수단이 있었다는 걸 뜻한다. 남은 셋 중에서, 여러분이 알다시피 브라우닝이 유복했던 건 엄연한 사실이다. 여러분한테 이렇게 묻고 싶다. 만약 그가 잘 살지 못했더라면, 『사울』이나 『반지와 책』을 쓰는 일을 해낼 수 있었을까. 러스킨이 그의 아버지 사업이 번창하지 않

---

* Sir Arthur Thomas Quiller-Couch(1863~1944). 영국의 시인·소설가. 필명은 Q로 쉽고 명쾌한 문체로 유명하다.

았더라면 과연『현대 화가들』을 쓰게 되었을까 싶듯이 말이다. 로제티한텐 작은 개인 수입이 있었고, 게다가 그는 그림도 그렸다. 키이츠만 남았는데, 아트로포스*가 그 젊음을 앗아갔다. 정신병원에서 존 클레어**를 살해했듯이, 그리고 낙담한 마음에 복용했던 아편이 제임스 톰슨***을 죽게 한 것처럼 말이다. 이건 끔찍한 사실들이지만, 사실을 직시하자. 분명한 것은—한 국민으로서 우리한테 불명예스럽긴 하나— 우리 사회의 어떤 오류로 인해, 이 시대의 가난한 시인들이, 또 지난 200년 동안에도 아주 작은 기회조차 갖지 못했다는 것이다.—나는 10년 동안 약 320여 개의 초등학교를 관찰하는 데 많은 시간을 보냈다.— 우리는 민주주의에 대해 재잘거리지만 현실적으론 영국의 가난한 어린이가 위대한 글쓰기를 탄생시키는 지적인 자유 속으로 뛰어들 희망이 없는 건, 아테네 노예의 아들과 별반 다르지 않다는 건 정말 확실하다.”

어느 누구도 이보다 더 담백하게 요점을 짚을 순 없을 것입니다. “이 시대의 가난한 시인들이, 또 지난 200년 동안에도 아주 작은 기회조차 갖지 못했다는 것이다. ……영국의 가난한 어린이가 위대한 글쓰기를 탄생시키는 지적인 자유 속으로 뛰어들 희망이 없는 건, 아테네 노예의 아들과 별반 다르

---

* 그리스신화 속 운명의 세 여신(Fates) 중의 하나로, 생명의 실을 끊는 역할을 한다.
** John Clare(1793~1864). 시인. 1837년 40대 때 정신병원에 입원해 죽을 때까지 그곳에서 지냈다.
*** James Thomson(1700~1748). 스코틀랜드의 시인·극작가.

지 않다는 건 정말 확실하다." 이겁니다. 지적인 자유는 물질적인 것들에 달려 있습니다. 시는 지적인 자유에 의존합니다. 그리고 여자들은, 단지 200년간이 아니라 인류의 시작부터 늘 가난했습니다. 여자들은 아테네 노예의 아들보다도 못한 지적 자유를 누렸습니다. 여자들은, 따라서, 시를 쓸 아주 작은 기회조차 갖지 못했습니다. 이게 제가 그토록이나 돈과 자기만의 방을 강조해 온 이유입니다. 그렇지만 제가 좀더 알고 싶은, 과거의 그런 무명의 여자들의 고생 덕분에, 그리고 정말 묘하게도 두 개의 전쟁, 플로렌스 나이팅게일을 거실에서 나오게 했던 크림전쟁과, 약 60년 후 평범한 여성에게 문을 열어 주었던 유럽 전쟁 덕분에 이런 악들이 개선되고 있습니다. 그렇지 않았다면 여러분은 오늘 밤 여기 있지 않았을지도 모르고, 여러분이 1년에 500파운드를 벌 기회란 극히 적을 것입니다. 유감스럽게도 지금도 여전히 불확실하지만 말입니다.

그럼에도 여러분은, 왜 당신은 여성이 책을 쓰는 것에 그토록 많은 중요성을 부여하는가, 당신 말에 따르면 그건 그토록 많은 노력을 요하고, 어쩌면 당신의 숙모를 살해하는 결과를 낳을 수도 있고, 거의 확실히 오찬 모임에 늦게 할 수도 있으며, 어떤 아주 괜찮은 동료와 몹시 우중충한 논쟁을 하게 만들 수도 있는데?, 하고 이의를 제기할지도 모릅니다. 저의 동기動機들이, 부분적으로는 이기적이란 걸 인정합니다. 교육받지 않은 대다수의 영국 여자들처럼 저는 읽기를 좋아합니다—저는 책을 잔뜩 쌓아 놓고 읽는 걸 좋아합니다. 최근 제

식단은 살짝 단조로워졌습니다. 역사책은 전쟁을 너무 많이 다룹니다. 자서전은 위인들에 관한 게 너무 많습니다. 시는, 제가 보기엔, 빈곤해지는 경향을 보여 주고 있고 소설은—하지만 현대 소설 비평가로서의 제 무능력은 이미 충분히 다 보여 드렸으니 이에 관해선 더는 아무 말 않겠습니다. 그러므로 저는 여러분에게 아무리 사소하거나 방대한 것이라도 망설이지 말고, 온갖 종류의 책을 쓰라고 당부합니다. 어떻게 해서든, 여행을 하거나 빈둥거리기 충분한 여러분 수중의 돈을 마련해서, 세계의 미래나 과거를 깊이 응시하기를, 책을 읽으며 몽상에 잠기고 길모퉁이를 어슬렁거리고 사색의 낚싯줄이 강물 깊숙이 드리워지게 하길 바랍니다. 여러분을 결코 픽션에 국한시키는 것이 아닙니다. 여러분이 저를 만족시키려면—그리고 저 같은 사람은 수천 명입니다— 여행과 모험, 연구와 학문, 역사와 전기, 비평과 철학과 과학에 관한 책을 쓸 수도 있겠지요. 바로 그렇게 함으로써 여러분은 분명 픽션 기법에 이득을 주게 될 것입니다. 책들은 서로 영향을 주고받는 방식으로 존재하기 때문입니다. 픽션은 시와 철학에 찰싹 붙어 서 있으면 훨씬 더 좋아질 것입니다. 게다가 사포*나, 무라사키 부인,** 에밀리 브론테 같은 과거의 어떤 위대한 인물들을 가

---

* Sappho. 고대 그리스의 시인으로 아름다운 문장으로 시대를 초월하여 추앙받고 있다. 독자와 친밀한 관계를 맺는다는 점에서 그리스 문학사상 아르킬로코스와 알카이오스를 빼고는 어느 시인보다도 뛰어나다고 평가된다.

** 무라사키 시키부(973년경~1016년경). 일본 헤이안시대의 여성 시인. 궁중 생활에서 얻은 모티프로 일본 문학사 최고(最古)의 고전으로 평가받는 『겐지 이야기』를 집필했다.

만히 생각해 보면, 여러분은 그녀가 창시자일 뿐 아니라 계승자이고, 여성이 천성적으로 글을 쓰는 습관을 가지고 있었기 때문에 존재해 왔다는 것을 알게 될 것입니다. 그래서 여러분 쪽에서 하는 그런 행위는 시의 전주곡으로서 무한한 가치가 있습니다.

하지만, 제가 적은 것들을 다시 읽어 보고 그걸 적은 제 사고의 여정을 비평하면서, 저는 제 동기들이 한결같이 다 이기적이지는 않았음을 발견했습니다. 이러한 비평들과 종횡무진 오가는 이야기들 사이에는, 그런 좋은 책들은 바람직한 것이고 좋은 작가들은, 설혹 그들이 인간의 온갖 다양한 만행을 보여 준대도, 여전히 좋은 인간들이다, 라는 신념—아님 그건 직관일까요?—이 흐르고 있습니다. 따라서 여러분한테 제가 더 많은 책을 쓸 것을 청했을 때, 저는 여러분 자신한테 이익이 되고 크게는 세상에 도움이 될 것을 쓰라고 촉구했던 것입니다. 이 직관 혹은 신념을 어찌 정당화할 수 있을지 모르겠습니다. 왜냐하면 철학적인 말들은, 만약 대학에서 교육을 받은 게 아니면 쉽게 오류에 빠지게 되니까요. '리얼리티'라 했을 때, 그건 무엇을 의미하는 것일까요? 그건 아주 변덕스럽고, 또 정말 의지할 수 없는 그 무엇인 듯합니다—지금 먼지 날리는 도로나, 지금 저 길거리의 신문 조각에서, 혹은 지금 햇빛을 받고 있는 수선화에서 발견할 수 있는 것입니다. 그건 방 안에 모인 이들한테 빛을 환히 비추고 우연한 어떤 말을 각인시킵니다. 그건 별빛 아래 집으로 걸어가는 사람을 벽차

게 해서 침묵의 세계를 말들의 세계보다 더욱 사실적으로 만듭니다. 그리고 그건 다시 떠들썩한 피카딜리가 승합차에도 존재합니다. 또 가끔은, 우리가 원래 그것들의 모습을 식별하기엔 너무 먼 곳의 형체들에 깃들어 있는 듯도 보입니다. 하지만 무엇을 건드리든 그걸 고정적이고 영구적인 것으로 만듭니다. 그건 대낮의 껍질이 산울타리 속으로 던져진 다음에도 남아 있는 것입니다. 즉 과거의 시간과 우리의 사랑과 증오에서 남아 있는 것입니다. 작가는, 제 생각엔 다른 사람들보다 이 리얼리티가 있는 곳에서 살 기회를 더 오래 가지고 있습니다. 그걸 찾고 수집하고, 우리 나머지 사람들과 그걸로 대화하는 게 그의 일입니다. 『리어왕』이나 『엠마』나 『잃어버린 시간을 찾아서』를 읽는 것으로, 저는 이런 최소한의 결론을 내립니다. 이 책들을 읽는 것은 감각기관에 어떤 신기한 시술을 한 것 같습니다. 시술 후 우리는 더 격렬하게 세상을 봅니다. 세상이 그 덮개를 벗어 버리고 더욱 강렬한 삶을 주는 것처럼 보입니다. 비현실적인 것과 대립하며 살아가는 사람들은 부러운 사람들입니다. 알고 있지도 신경 쓰지도 않고 있다가 벌어진 일에 머리를 부딪친 사람들은 딱한 사람들입니다. 그래서 제가 여러분한테 돈을 벌고 자기만의 방을 가지라고 당부하는 것은, 여러분이 리얼리티가 있는 곳에서 활기 있는 삶을 살라는 것입니다. 그걸 남과 나눌 수 있든 없든 간에 말입니다.

　여기서 저는 멈추려 했습니다만 관습의 압력이, 모든 연설은 장광설로 끝나야 하는 거라고 선언하는군요. 그리고 여성들한테 하는 장광설은, 여러분도 동의하겠지만, 특히 자극을 주고 정신을 고양시킬 무언가를 담고 있어야 합니다. 저는 여러분한테 제발 더 당당해지고, 정신적으로 더욱 깊어져야 할 책임이 있다는 걸 잊지 말라고 당부해야겠지요. 미래에는 여러분한테 얼마나 많은 것이 달려 있는지, 여러분이 어떤 영향력을 행사할 수 있는지를 상기시켜야겠지요. 하지만 저런 충고의 말은, 제가 생각해 낼 수 있는 것보다 훨씬 달변으로 그렇게 할, 사실 그렇게 해온 다른 쪽 성에 안전히 남겨 두어도 되겠지요. 제가 마음속을 샅샅이 뒤져 찾은 건 남성과 동료의식을 갖고 동등해져 세상의 더 높은 발전에 영향을 행사하라는 그런 고상한 문장들이 절대 아닙니다. 저는 다른 무엇보다 자기 자신이 되는 것이 더 중요하다고, 간략하고 무미건조하게 말하고 있는 제 자신을 발견합니다. 고상하게 들리도록 할 줄 안다면 저는, 다른 사람한테 영향을 끼칠 생각은 꿈도 꾸지 말라고 하고 싶습니다. 사물을 있는 그대로 생각하십시오.

신문과 소설과 전기들을 훑어보면서, 여성이 여성들한테 말할 땐 몹시 불쾌한 무언가를 숨겨 두었어야 했다는 게 다시 떠올랐습니다. 여성들은 여성들한테 가혹합니다. 여성들은 여성들을 싫어합니다. 여성들—그런데 여러분은 이 단어가 끔찍이 넌덜머리 나지 않습니까? 저는 확실히 그렇습니다. 그렇다면, 여성이 여성에게 하는 연설은 특히 무언가 불쾌한 것으로 끝날 확률이 높다는 데 동의합시다.

하지만 그럼 어떻게 되는 거죠? 제가 어떤 생각을 할 수 있겠습니까? 진실인즉, 저는 종종 여성들을 좋아합니다. 저는 그들이 관습에 얽매이지 않은 것을 좋아합니다. 그들의 완벽주의를 좋아합니다. 그들의 익명성을 좋아합니다. 저는 또— 하지만 이런 식으로 계속해선 안 되겠군요. 저기 벽장에— 여러분은 깨끗한 테이블 냅킨만 들어 있다고 합니다만 만약 아치발트 보드킨 경*이 그 사이에 숨어 있다면요? 자, 좀더 엄격한 어조를 써서 말해 보죠. 앞서 한 저 말들에서 제가 남성들의 경고와 비난을 여러분한테 충분히 전달했나요? 저는 오스카 브라우닝 씨가 여러분을 아주 낮게 평가했다는 걸 얘기했습니다. 여러분에 대해 당시 나폴레옹이 생각했던 것과 현재 무솔리니가 생각하는 것도 지적했습니다. 자, 여러분 중 누군가 픽션에 대한 열망을 가진 경우를 위해 저는 여러분의 성의 한계를 용감하게 인정하라고 했던 비평가의 충고를 그대로 옮겼습니다. 저는 X교수를 참조했고, 각별히 여성은 남자들보다 지적으로 도덕적으로 육체적으로 열등하다는 그의 주장을 전달했습니다. 굳이 찾아 나서지 않았는데도 제게 온 모든 것들을 전달했고, 이게 마지막 경고입니다—존 랭던 데이비스** 씨의 것이죠. 존 랭던 데이비스 씨는 여성들에게 "절대 아이를 갖길 바라지 않는 여성은 아무짝에도 쓸모없다"고 경

---

\* Sir Archibald Henry Bodkin(1862~1957). 1920~30년대 검찰국장을 역임하던 중 자신이 '외설적'이라 생각한 문학(래드클리프 홀의 『고독의 샘』)의 출판을 금지시켰다.

\*\* John Eric Langdon-Davies(1897~1971). 영국 작가·저널리스트.

고합니다. 여러분이 이걸 적어 두길 바랍니다.

제가 어떻게 이 이상으로 자기의 삶을 살기 시작하라고 여러분을 격려할 수 있을까요? 젊은 여성들이여, 이제 맺음말을 시작하려 하고 있으니, 제발 잘 들어주세요. 여러분은, 제가 보기엔, 수치스럽게 무지합니다. 여러분은 어떤 식의 중요한 발견을 한 적이 한 번도 없습니다. 여러분은 절대 제국을 호령해 본 적도, 군대를 끌고 전쟁에 나간 적도 없습니다. 셰익스피어의 희곡들은 여러분이 쓴 것이 아니고 여러분은 한 번도 야만 종족에 문명의 축복을 소개한 적이 없습니다. 여러분은 뭐라고 변명할 건가요? 다들 바빠 무역과 사업과 연애에 종사하는, 검고 희고 커피 색 피부를 한 지구 주민들이 들끓는 거리와 광장과 숲들을 가리키면서, 우리 손엔 다른 일들이 쥐어져 있었다고 하는 게 제일 좋겠군요. 우리가 그 일을 하지 않았으면 바다를 항해하게 되는 일도 없었을 것이고 저 비옥한 땅들은 사막이 되었을 거라고요. 우린, 통계에 따르면 현재 존재하는 16억 2천 3백만의 인간들을, 낳고, 기르고, 씻기고, 예닐곱 살 정도까지 가르쳤다고, 도움을 좀 받은 걸 감안하더라도 시간이 드는 일이었다고 말이죠.

여러분의 말엔 진실이 담겨 있습니다. 그걸 부정하지는 않겠습니다. 하지만 동시에, 여러분께 1866년 이래로 영국엔 여성들을 위한 대학이 최소 두 개는 있었고, 1880년 이후론 기혼 여성이 자기 재산을 갖는 게 법적으로 허용되었다는 것을 상기시키고 싶습니다. 투표권이 주어진 건 1919년—딱 9년 전이군요—인가요? 또한 지금 10년 가까운 세월 동안 거의 모든 직업이 여러분한테 열려 왔다는 걸 상기시켜도 될까요? 이 엄청난 특권들과 여러분이 그걸 누려 온 그간의 시간들과, 그리고 지금은 약 2,000명의 여성들이 한두 가지 방법으로 1년에 500파운드 이상을 벌 능력이 있는 게 분명하다는 사실을 반추해 보면, 기회와 훈련과 격려와 여유 있는 시간과 돈이 없어서라는 변명이 더 이상 타당하지 않다는 건 여러분도 동의할 것입니다. 게다가 경제학자들은 우리한테, 시턴 부인이 아이가 너무 많았다고 말하고 있습니다. 물론 여러분은 아이를 계속 낳아야겠지만, 그들 말로는 열 명 열두 명이 아니라 두세 명을 낳아야 한다고 합니다.

그리하여, 여러분의 손에 쥔 시간과, 책에서 익힌 여러분의 머리에 든 지식들로—여러분이 다른 종류의 지식은 이미 충분히 알고 있으니, 부분적으론 그걸 좀 덜어 내고자 여러분을 대학에 보내는 게 아닌가 싶은 의심도 듭니다— 아주 오래도록, 많은 노력을 해서 정말 여간해선 잘 보이지 않는 또 다른 단계의 경력을 쌓는 데 착수해야 할 것입니다. 수천 개의 펜들이 여러분이 어떤 일을 하면 좋고 그게 여러분한테 어떤 영향을 미칠지 제안할 준비가 돼 있습니다. 저의 제안이 약간 공상적이란 걸 인정합니다. 따라서, 저는 픽션 형식으로 그걸 적는 걸 더 선호합니다.

저는 이 기록 과정에서 셰익스피어한테 누이가 있었다고 여러분한테 말씀드렸습니다. 하지만 그녀를 시드니 리 경의

『시인의 인생』에서 찾지는 마십시오. 그녀는 젊은 나이에 죽었습니다. 안타깝게도, 그녀는 결코 한 마디도 쓰지 못했지요. 그녀는 지금 엘리펀트 앤 캐슬 맞은편의, 승합차들 정류장이 있는 곳에 묻혀 있습니다. 자, 지금 저의 믿음은, 단 한 줄도 쓰지 않고 교차로에 매장된 이 시인이 아직도 살아 있다는 것입니다. 그녀는 여러분과 제 속에, 또 설거지를 하고 아이들을 재우느라 오늘 밤 이 자리에 있지 않은 수많은 다른 여성들 속에 살고 있습니다. 하지만 위대한 시인들은 죽지 않기 때문에 그녀는 살아 있습니다. 그들은 끊임없이 현존합니다. 단지 그녀에겐 직접 우리들 사이에서 걸어다닐 기회가 필요할 뿐입니다. 제 생각에 이제 그 기회는 여러분의 힘으로 주는 것입니다. 만약 우리가 어떤 다른 세기에 산다면—저는 개개인으로서 우리의 짧고 분리된 삶이 아닌, 진정한 공통의 삶에 대해 말하고 있습니다— 그리고 우리 각자 1년에 500파운드와 자신들만의 방을 갖게 된다면, 만약 우리가 자유에 익숙해지고, 생각하는 것을 정확하게 쓸 용기가 있다면, 만약 우리가 공동으로 사용하는 거실에서 슬쩍 탈출해 인간을 늘 서로에 대한 관계 속에서만 보는 게 아니라 리얼리티와 연관지어 볼 수 있다면, 또 하늘과 나무들을, 뭐든 다 본래 그대로 볼 수 있다면, 만약 우리가, 어떤 인간의 시야도 가려지면 안 되기에, 밀턴의 악령을 초월할 수 있다면, 또 우리가 매달릴 만한 아무 팔 없이 그냥 홀로 나아가고, 남자들과 여자들로 이루어진 세계뿐 아니라 리얼리티의 세계와 관계를 맺는다는 사실을, 그 엄연한 사실을 직시할 수 있다면 기회가 찾아올 것이고, 그럼 셰익스피어의 누이였던 그 죽은 시인은 너무 자주 내던져야 했던 육신을 얻게 될 것이란 게 제 신념이기 때문입니다. 그녀에 앞서 그녀의 오라비가 그랬던 것처럼, 그녀는 선구자였던 알려지지 않은 이들의 삶으로부터 생명을 끌어내어 태어날 것입니다. 그런 준비 없이, 우리 쪽에서 해야 할 그런 노력 없이, 그녀가 다시 태어나면 자기 시를 쓰며 사는 게 가능하다는 걸 깨닫도록 해주겠다는 그런 결심 없이, 그녀가 오리란 걸 기대할 수는 없습니다. 그건 불가능할 것이니까요. 하지만 저는 여전히 우리가 그녀를 향해 다가가면 그녀가 올 것이라고, 그런 노력은 우리가 가난하고 이름 없는 처지여도 가치 있는 것이라고 믿고 있습니다.

〈끝〉

# 역자후기

버지니아 울프는 지극히 모더니즘적인 작가였다. 이는 단지 문예사조로서의 모더니즘만을 의미하는 것은 아니다. 그녀는 실험적인 소설이나 날카로운 비평, 에세이를 통해서뿐 아니라, 관습에 얽매이지 않는 자유로운 정신으로 시대를 앞서 살았다. 그녀는 시대와 사회의 제약을 받는 개인이 또한 거대한 역사의 흐름을 바꿀 수 있는 주체가 될 수 있음을 보여 준 모더니스트였다.

버지니아 울프는 또한 냉철하게 자기 자신과 자신이 살던 동시대를 꿰뚫고 앞날을 예언한 천재였다. 부유한 환경에서 자라나 당대 명사들과 자연스럽게 교류하며 스스로 사회적 특권의식 같은 것을 가질 법함에도 불구하고 그러한 허위의식에 빠지지 않았다. 여성의 교육과 사회 진출을 억제해 온 남성 중심의 문명사회에서 자신이 일반 중산층 여성들과 근본적으로 같은 처지란 것을 철저히 인지하면서 사회구조와 맞물린 성의 불평등성 문제를 전면적으로 제기한다. 앞으로 백 년 후에는 여성의 사회적 역할과 위상이 어떻게 달라질 것인지를, 마치 현재 사회를 미리 살아 본 것처럼 예견한 버지니아 울프의 그 명료한 지성은 소름이 끼칠 정도이다.

정신질환을 앓다가 드디어 환청을 듣기 시작했다는 건 그 지성의 훼손이고 버지니아 울프에겐 정신의 사망 선고와도 같았을 것이다. 그녀가 택한 자살은 그런 의미에서 운명의 사망 선고에 대한 저항으로 읽히고, 그래서 그녀의 오랜 벗이자 남편 레너드 울프는 버지니아 울프가 쓴 『파도』의 마지막 구절을 가져와 이렇게 그녀의 묘비명을 새겼을 것이다.

"오 죽음이여, 너에 대항해, 정복되지도 굽히지도 않는 나를 던진다! 파도가 해안에 부서졌다."

버지니아 울프는 모더니즘과 페미니즘의 선구자라 불린다. 특히 페미니스트의 고전이자 페미니스트 작가로서 울프의 평판을 영원히 굳힌 에세이라 일컬어지는 이 『자기만의 방』은 여성들이 남성 중심의 사회에서 혼란에 빠져 우왕좌왕하거나, 혹은 겁이 나 숨거나 도망가지 않고 당당하게 자기의 삶을 살아가도록 응원한다. 단지 어떤 선언만으로 여성의 지위, 특히 문학사적인 측면에서 여성의 지위가 새로이 조명될 수는 없을 것이다. '여자가 픽션을 쓰려면 돈과 자기만의 방이 있어야 한다'는 어쩌면 투박한 주제를 이토록이나 매혹적이고 설득력 있게 전개해 나간 그 감성은 버지니아 울프가 "40년 인생 모든 것이 과거의 그때 만들어졌고 그때 채워졌다."고 말한 콘월에서의 어린 시절, 검은 밤바다 출렁거리는 파도 속에서 홀로 빛나는 등대를 황홀한 시선으로 바라보며 길러졌을 것이고, 이는 『자기만의 방』뿐 아니라 『등대로』 『파도』 등 많은 주옥같은 작품들에 깊은 영향을 끼쳤다.

주머니에 돌을 가득 집어넣고 강물 속으로 걸어 들어간 그녀의 마지막 모습을 상상하는 건 서글프다. 하지만 어쩌면 그렇게 걸어 들어간 그녀 자신이, 거친 파도와 싸우며 항해하는 많은 배들처럼 자기의 삶을 살아가기 위해 씩씩하게 홀로 나아가는 많은 영혼들에게, 밤바다의 등대처럼 꺼지지 않는 불빛을 반짝이고 있다고 생각하면, 간혹 길을 잃을 때마다 그냥 자신의 삶을 살라고 멀리서 길을 밝혀 주고 있다고 생각하면 든든하다. 등대 불빛은 늘 정겹고 또 늘 그립다.

## 영원한 등대가 된 지성, 버지니아 울프의 삶과 죽음

---

### 가족과 어린 시절

버지니아 울프의 본명은 애들린 버지니아 스티븐으로 그녀는 1882년 1월 25일 대가족이자 예술가 집안에서 태어나 성장했다. 아버지 레슬리 스티븐Leslie Stephen, 1832-1904은 작가, 역사학자, 수필가, 전기작가, 등산가였다. 교육자, 법률가, 작가 등을 배출한 집안에서 자라난 레슬리는 당대 지적인 엘리트 상류계급을 대변하는 인물이었다. 1882년~1891년에 그가 편집한 『영국 인명사전』은 그가 남긴 불멸의 유산 가운데 하나이다. 어머니 줄리아 잭슨Julia Jackson, 1846-1895은 세 자매 중 막내딸이었고, 높은 교육수준에 문학과 예술에 조예가 깊은 중산층 가족 출신이었다. 줄리아는 법률가였던 허버트 덕워스와 결혼했지만 3년 만에 세 아이의 과부가 되었다. 줄리아가 결혼한 해에 레슬리도 19세기 영국의 대표적 작가 중 하나로 꼽히는 새커리의 딸과 결혼했지만 아내는 딸 하나를 남기고 세상을 떠났다. 이미 서로 친분이 있던 레슬리와 줄리아는 둘 다 배우자를 잃은 처지가 되면서 점차 가까워졌고 마침내 레슬리가 마흔여섯 살, 줄리아가 서른두 살에 결혼에 이르렀다. 두 사람은 네 명의 아이를 낳았고 그중 하나가 버지니아였다. 그리하여 버지니아한텐 어머니 쪽에서 두 명의 이복오빠와 한 명의 이복언니, 아버지 쪽에서 한 명의 이복언니, 그리고 친언니 바네사와 오빠 토비, 남동생 에이드리언 등 일곱 명의 형제들이 있었다.

중산층 가족을 위해 지어진 타운하우스, 사우스 켄싱턴 하이드파크가 가족의 보금자리였다. 이 타운하우스는 각각 레슬리부부의 방, 덕워스 성을 가진 아이들의 방, 스티븐 성을 가진 아이들의 육아실, 하인들의 방 등으로 나누어져 있었다. 버지니아는 훗날, 이 집의 그런 구분이 신기했고 어머니 줄리아만이 그 구분을 넘나드는 유일한 사람처럼 보였다고 진술한다. 그 집은 어두침침한 조명에 가구들과 그림들로 꽉 찼던 것으로 묘사된다.

집은 빅토리아적 분위기로 꽉 차 있었고 헨리 제임스, 조지 헨리 루이스, 알프레드 테니슨, 토머스 하디, 에드워드 번 존스, 그리고 당대에 미국 문학계를 지배했던 제임스 러셀 로웰이 주 방문객들이었다. 버지니아는 언니 바네사와 일종의 라이벌 의식 같은 것을 느끼며 자랐는데 둘 다 온 집 안에 드리워진 빅토리아풍 전통에 적개심을 느꼈고 버지니아가 더 심했다.

자주 하이킹을 했던 레슬리는 콘웰에서 크고 하얀 집을 발견했다. 생활 편의 시설은 제한적이었지만, 고드레비 등대 쪽을 향해 포스민스터만이 내려다보이는 멋진 전망을 가진 곳이었다. 가족은 1882년에서 1894년까지, 여름을 보낼 탈런드 하우스Talland House를 임차했고 레슬리 스티븐은 이곳을 '포켓 파라다이스 pocket-paradise'라 불렀다.

버지니아의 가장 선명한 어린 시절 추억들은 이곳 콘웰과 관련 있었다. 그녀는 탈런드 하우스와 자신이 아주 밀접히 연결돼 있다고 느꼈고 1890년 8월 그곳에서의 어느 여름을 회상하며 후에 일기에 이렇게 썼다. "나는 왜 그토록 엄청나게, 구제불능일 정도로 콘월에 대해 감상적인가? 아이들이 뜰을 달리는 것이 보인다… 밤바다 소리가 들린다… 짐작건대, 거의 40년 인생 모든 것이 과거의 그때 만들어졌고 그때 채워졌다." 콘월은 그녀의 글쓰기에, 특히『제이콥의 방』속 세인트 아이브스 3부작과『등대로』,『파도』에 많은 영향을 끼쳤다.

콘월이 여름 휴양지를 목적으로 한 것임에도 불구하고 줄리아는 병자와 가난한 사람들을 돌보는 일에 많은 시간을 쏟았다. 1895년 2월 그녀는 유행성독감을 앓았고 결국 5월에 류머티즘열로 죽었다. 버지니아는 열세 살이었고 첫 정신발작을 일으켰다. 비록 버지니아가 가장 좋아하는 부모로 아버지를 꼽았대도 그녀는 아직 어렸고 어머니한테서 깊은 영향을 받았다. 버지니아의 일기나 편지, 수많은 자전적 에세이들에 어머니가 언급되고, 『등대로』의 화가 릴리 브리스코처럼 소설에 어머니를 암시하는 등장인물이 나오기도 한다. 버지니아의 기억에 의하면 줄리아 스티븐은 매우 아름다웠고, 감정 기복이 심하고 우울증이 있는 남편을 세심하게 보살폈다. 울프는 아버지를 "어머니보다 열다섯 살 연상이고 까다롭고 칼 같은 성격에다 어머니한테 의존적"이었다고 묘사했다. 줄리아는 늘 남편을 챙기고 자신의 부모가 세상을 떠나기 전에도 그들을 간호했으며 그 외에도 외부의 환자들을 돌보는 데 많은 시간을 쏟았다. 버지니아는 어머니를 혼자 차지할 기회가 거의 없었고 그럴 기회가 있더라도 늘 누군가가 방해했다고 서술한다. 줄리아의 잦은 부재로 울프는 점차 이복언니

스텔라에게 기대게 되었다. 울프는 후에 "스텔라는 항상 거기 있는 아름다운 보모였다"라고 회고했다. 버지니아의 정신발작에 친언니 바네사가 버지니아를 간호하는 역할을 떠맡았고, 1897년 스텔라가 결혼하면서 버지니아는 바네사한테 더욱 의존적이 되었다.

이복오빠였던 조지 또한 어느 정도 어머니의 역할을 대신하기 위해 바네사와 버지니아를 사교계로 데려갔는데, 그건 자매 모두에게 재앙으로 느껴졌다. 버지니아에게 "그 시대 사회는 완벽하게 유능하고 완벽하게 현실 만족적인 무자비한 기계"처럼 느껴졌고, 자신이 동경하는 글쓰기를 위해 "빅토리아적인 전통의 거실로부터 탈출해 '자기만의 방'을 갖는 것"이 급선무라 느끼게 했다.

1897년 스텔라의 죽음은 가족에게 크나큰 충격이었다. 어머니와 언니의 죽음에 이어 1902년 아버지도 암을 진단 받고 1904년 세상을 떠났다. 레슬리 스티븐은 우울증을 앓았고 울프를 비롯한 아이들은 그를 "독재적인 아버지"로 기억했지만, 그는 울프의 글쓰기를 독려하고 그녀가 작가의 길을 걷는 데 큰 영향을 끼쳤다. 아버지와 깊은 유대감을 형성하고 있던 버지니아는 다시 발작을 일으킨다. 1897년에서 1904년까지를 버지니아는 "불행의 7년"이라 언급한다.

버지니아의 정신 상태를 불안정하게 만든 여러 원인들 중 하나로 또한 어린 시절 그녀가 지속적으로 당한 성희롱을 들 수 있을 것이다. 그녀는 여섯 살 때 이복오빠 제럴드에게 처음 성희롱을 당했고 이는 그녀로 하여금 인생 전반에 걸쳐 성에 대한 공포

심과 남성적인 권위에 대해 저항감을 갖게 만들었다. 스티븐의 딸들은 덕워스 성의 이복오빠들과 사촌 제이스 케네스한테 성희롱을 당했다. 감정 기복이 심하고 우울증을 앓았던 아버지, 따스한 품이 되어주지 못한 어머니와 어머니의 역할을 떠맡았던 언니의 죽음, 그리고 어린 시절 경험한 성에 대한 공포 등이 버지니아의 불안정한 정신세계를 형성하는 데 지대한 영향을 미쳤으리란 건 분명하다.

## 진보적인 지식인 그룹 블룸즈버리와 버지니아 울프

블룸즈버리 그룹은 런던 블룸즈버리 구역 출신 작가·예술가·지식인들이 속한 모임이었다. 버지니아 울프를 비롯하여 작가 E.M. 포스터, 리턴 스트레이치, 레너드 울프와 미술가 로저 프라이, 바네사 벨, 덩컨 그랜트, 미술평론가 클라이브 벨, 경제학자 존 케인즈, 저널리스트 데스먼드 맥카시 등 열 명의 멤버들로 출발했다가 나중에 수가 늘어났다. 이들은 대부분 높은 교육 수준에 사회적 특권을 누린 상류층이었다. 그럼에도 그 시대의 다른 지식인 그룹들과 달리 여성들의 예술 활동 참여, 동성애자들의 권리, 전쟁 반대, 서로를 구속하지 않는 결혼 관계, 인습에 따르지 않는 성생활 등을 비롯해, 여러 비관습적인 사고들을 지지했다. 빅토리아적인 전통 속에서 성장한 블룸즈버리 그룹은 빅토리아시대의 관념들을 공공연히 거부하고 자유롭고 진보적인 태도를 취했다. 그들은 빅토리아적인 사회를 점잔빼고 편협한 것으로 간주하면서 자유롭게 구속받지 않고 사는 삶을 선택했다.

블룸즈버리 그룹은 1904년 버지니아와 토비, 바네사, 에이드리언 4남매가 아버지의 죽음 이후 블룸즈버리 구역의 고든 스퀘어로 이사한 것이 실마리가 되어 시작됐다. 토비 스티븐이 당시 트리너티대학의 친구들, 레너드 울프, 리턴 스트레이치, 클라이브 벨을 매주 목요일 밤 초대하기 시작하면서 그들은 버지니아, 바네사와 다 함께 금기시되고 이견이 분분한 주제들을 토론했다.

1941년 덩컨 그랜트가 쓴 버지니아 울프 전기에 따르면, 1906년 토비 스티븐이 죽고 이듬해 바네사는 클라이브 벨과 결혼한다. 바네사 부부는 고든 스퀘어 집에 그대로 살고, 에이드리언과 버지니아는 피츠토리 스퀘어의 집으로 이사해 그곳에서 블룸즈버리 모임을 계속했다.

"좋든 나쁘든 간에 '블룸즈버리'라 불려 온 것이 생겨난 게 거기였다. 밤 10시 무렵 사람들이 나타나기 시작해 자정까지 띄엄띄엄 계속 왔는데, 새벽 2~3시 이전에 손님이 떠나는 일은 좀처럼 없었다. 사람들은 위스키와 번과 코코아를 먹으면서 이야기를 나눴다. 누군가 파이프에 불을 붙이면 때때로 그 불붙은 성냥을 개 한스한테로 내밀곤 했고 그러면 개가 그걸 덥석 물어서 껐다. 대화하기, 그게 전부였다. 그럼에도 많은 사람들이 습관적으로 왔다. 그 밤들을 잊어버릴 사람들은 아마 거의 없을 것이다. 그건 분명 '살롱(사교 모임)'은 아니었다. 그 시대 버니지아는 어떤, 손님을 환대하는 여주인한테 요구되는 그런 것들과 전혀 거리가 멀었다. 그녀는 몹시 수줍어 보였고, 아마 그랬을 것이다. 그녀는 절대 사람들한테 말을 걸지 않았다. 주로 논쟁들을 듣고만 있었고 가끔씩 말을 했지만, 그녀의 대화는 주로 그녀 옆사람이 한 말에 한해서였다."

비록 진보적이었다 해도, 블룸즈버리 그룹 멤버들은 종종 자제할 줄 모르고 속물적인 부유한 그룹이란 비난을 받았다. 일부 비평가들은 그들이 다른 예술가들이나 작가들과 마찬가지로 하층계급을 업신여겼다고 진술하기도 한다.

어쨌든 블룸즈버리 그룹 예술가들은 매우 인상적인 책들을 써냈다. 버지니아 울프는『댈러웨이 부인』『자기만의 방』『등대로』같은 많은 영향력 있는 책들을 써서 출판했다. 리턴 스트레이치는 획기적인 자서전『빅토리아시대의 명사들』을 썼고 E.M.포스터는『인도로 가는 길』『전망 좋은 방』을 펴냈다. 버지니아의 조카 앤 스티븐 싱이 출판한『블룸즈버리 그룹 : 회고와 주석』에 따르면, 블룸즈버리 그룹 작가들은 월트 휘트먼 같은 미국 작가들의 영향을 많이 받아서 창조적이고 진취적이었고, 늘 문학을 재창조하려 노력했다.

바네사와 클라이브 벨, 덩컨 그랜트와 로저 프라이는 런던 전역에서 매우 높이 평가받는 전시회를 열 역량이 되는 예술가들이었다. 로저 프라이는 1910년 런던에서 최초로 인상주의 미술 전시회를 조직했다. 블룸즈버리 그룹의 예술은 후기인상주의와, 마티스와 피카소 같은 입체파 작가들로부터 큰 영향을 받았다.

1930년 블룸즈버리 그룹은 흩어지기 시작했다. 1931년 리턴 스트레이치 사망, 그 뒤를 이은 도라 캐링턴의 자살과 로저 프라이의 사고사 등을 포함해 몇몇이 급작스레 세상을 떠났다. 1937년 블룸버즈리 그룹의 첫 아이, 버지니아의 조카 줄리안 벨의 죽음은 그룹에 특히 커다란 타격을 가했다. 1941년 나치가 조만간 침공할 것 같은 우울한 정세 속에서 우울증으로 고통받던 버지니아가 자살했다. 존 케인즈는 5년 후인 1946년 사망했고 레너드 울프는 1969년 타계했다. 이 그룹의 마지막 생존자는 덩컨 그랜트로 1978년 그의 죽음은 공식적으로 블룸즈버리의 마지막을 알렸다.

### 버지니아 스티븐과 레너드 울프의 결혼

성이 스티븐이었던 버지니아 울프는 1900년쯤 오빠 토비를 만나러 갔던 트리니티대학에서 처음 레너드 울프를 만났다. 그날 하얀 원피스를 입고 양산을 쓰고 있던 버지니아에 대해 레너드는 그녀가 "빅토리아시대 젊은 여성들 중에서 가장 빅토리아적"으로 보였다고 말했다. 똑똑하고 아름답고 젊은 버지니아 울프를 따르는 많은 남녀 구애자들과 찬미자들이 있었기에, 레너드가 그녀에게 끌렸다는 게 놀라운 일은 아니다.

1909년 2월, 리턴 스트레이치는 버지니아한테 청혼했다가 그 다음 날 그 청혼을 거둬들인다. 그 후 스트레이치는 실론섬(현재 스리랑카)에서 공무원으로 일하고 있던 레너드 울프에게 편지를 써서 버지니아 울프와 결혼할 것을 재촉했다.

"자네의 운명은 선명하게 점지돼 있네. 하지만 자네가 그걸 작동시킬 것인지? 자네는 버지니아랑 결혼해야 해. 그녀가 자네를 기다리며 앉아 있는데, 무슨 이의가 있겠나? 그녀는 이 세상에서 충분한 이해력을 갖춘 유일한 여자고, 그런 여자가 존재한다는 건 기적이야. 하지만 신중하지 않으면 기회를 잃어버릴 수도 있네… 그녀는 젊고 자유롭고 호기심이 많고 만족을 모르고 사랑에 빠지길 갈망한다네."

이 제안에 매력을 느낀 레너드는 이렇게 답장을 썼다.

"자네는 버지니아가 나를 택할 거라고 생각하나? 그녀가 승낙한다면 내게 전보를 쳐주게. 고향으로 가는 다음번 배를 타겠네."

버지니아는 레너드를 잘 몰랐고, 그 일을 농담으로 생각했기에 아무 대답도 하지 않았다. 레너드가 영국으로 돌아오고 버지니아와 레너드가 다시 만나 2년이 흐른 후까지도 그랬다. 머물 곳이 필요했던 레너드는 버지니아와 에이드리언이 살고 있는 브룬즈윅 스퀘어 하우스 꼭대기층 방들을 빌렸고 그들은 곧 데이트를 시작했다. 6개월의 교제 기간 동안 레너드는 수차례 구혼을 했다. 결혼과 그에 수반되는 감정적이고 성적인 것들에 대한 두려움으로 버지니아는 망설였다. 레너드에게 쓴 편지에서 그녀는 무뚝뚝하게 이렇게 말하고 있다.

"지난번 당신한테 말했다시피, 전 당신한테 전혀 육체적으로 끌리지 않습니다. 지난번 당신이 제게 키스했을 때 같은 그런 순간들에 저는 단지 목석 같은 기분이 들었어요. 그럼에도 그토록이나 저를 챙겨 주는 당신은 제 가슴을 벅차게 하는 것 같습니다. 그건 너무나도 진실이고, 너무 신기합니다."

레너드의 세 번째 청혼을 버지니아는 마침내 수락했고 둘은 약혼했다. 그 후 곧바로 버지니아는 친구 비올렛 딕슨에게 편지를 써 이 소식을 알렸다.

"사랑하는 비올렛, 고백할 게 있어. 나 레너드 울프랑 결혼할 거야. 그 사람은 빈털터리 유대인이야. 난 어느 누구도 이 이상 더 행복하다고 할 수 없을 만큼 행복해— 하지만 너도 그 사람을 좋아해야 해. 목요일에 우리 둘 다 가도 될까? 아님 나 혼자 가는 게 나을까? 그 사람은 토비의 친구이고, 인도에 갔다가 지난여름 내가 그를 만났을 때 돌아와서, 지난 겨울부터는 여기서 살고 있어."

책 『레너드 울프 : 전기』에 따르면, 마침내 1912년 8월 10일 토요일 둘은 세인트 팽크러스 등기소에서 결혼을 했다.

"소박한 결혼식이었다. 거기 있던 다른 사람은 로저 프라이, 제럴드 덕워스, 버지니아의 숙모 메리 피셔, 덩컨 그랜트, 색슨 시드니-터너, 그리고 덩컨과 로저의 친구인 젊은 화가 프레드릭 엣첼스뿐이었다. 에이드리언은 독일에 가 있었다. (…) 모두들 고든 스퀘어 46번지로 돌아왔다. 점심식사 후 클라이브가 앉아서 자기 사랑을 버지니아와 그녀의 남편한테 선언하는 짧고 고통스러운 편지를 버지니아에게 썼다."

버지니아와 레너드는 결혼식 날, 프랑스, 스페인, 이탈리아로 여행가기 전에 이스트 서섹스의 아셈 하우스에서 밤을 보냈다. 신혼 생활을 하며 레너드는 버지니아가 섹스를 좋아하지 않는다는 것을 깨달았고, 둘은 그걸 버지니아가 어렸을 때 겪은 성적인 학대로 인한 트라우마 탓으로 돌렸다. 이런 사실에도, 둘은 아이를 갖기를 희망했다. 결혼 직후 버지니아는 의사로부터 자신의 정신 상태가 안정적이지 못하기 때문에 어머니가 되지 않는 게 낫겠다는 충고에 몹시 비통해했다. 결혼을 했음에도 버지니아한테 구애하는 사람들은 계속해서 많이 있었고 그중엔 그녀의 친구 남편인 필립 모렐도 있었으나 그 감정은 상호적인 것이 아니어서 아무 일 없이 끝났다. 그때 버지니아는 작가이자 귀족인 비타 색빌 웨스트와 동성애적 관계를 갖고 있었다. 놀랍게도 레너드는 이 관계에 대해 다 알고 있었고 이에 대해 반대하지 않았다. 오랜 결혼 기간 내내 레너드는 수차례의 우울증, 자살 시도, 조울증으로 심한 감정 기복을 겪는 버지니아를 간호했다.

버지니아가 죽은 후 레너드는 황폐해졌지만 그래도 버지니아가 원했을 것이라 믿은 것들을 해나갔다. 레너드는 결국 트레키 파슨스라는 여자와 사랑에 빠져 여생을, 그가 버지니아와 함께 살던 로드멜의 몽크스 하우스에서 살았다. 1969년 레너드가 죽은 후 그는 몽크스 하우스 뒷마당 버지니아 옆에 묻혔다.

### 스스로 선택한 죽음

1941년 3월 28일 버지니아 울프가 생애 마지막 날 집을 나섰을 때, 그녀는 언니인 바네사 벨과 남편 레너드 울프 앞으로 편지를 남겼다. 그 편지에서 그녀는 자신의 자살을 암시했지만 어디서 어떻게 할 거란 말은 하지 않았다. 익사하기로 마음먹은 그 강이 자기의 몸을 쓸고 가, 친구들과 가족들이 그녀한테 무슨 일이 생긴 건지 3주 내내 알지 못하리라고는 그녀도 미처 알지 못했을 것이다.

오즈강 근처 강둑에서 그녀의 모자와 지팡이가 발견된 후에야 가족들은 그녀가 익사했으리라 추측했지만 어떤 확실한 증거도 없었다. 몇몇 신문에서 논설을 내보냈고 그녀가 사랑했던 사람들, 그리고 세상이 무슨 일이 일어났는지 알기를 기다리는 동안 시간이 흘렀다.

4월 3일 뉴욕타임스의 머리기사 제목은 "영국에서 행방불명

중인 버니지아 울프, 죽은 것으로 짐작되다"였다. 이 기사에서 레너드 울프의 말이 인용되었다.

"울프 여사가 죽은 것으로 추정됩니다. 그녀는 지난 금요일 편지 한 통을 남기고 산책을 나갔는데, 익사한 것 같습니다. 그렇지만 그녀의 몸은 아직 발견되지 않았습니다."

기사는 버지니아 울프가 실종된 것은 확실하지만 경찰이 그녀가 사라진 것을 수사하지 않고 있었다고 언급했다.

"소설가의 실종을 둘러싼 구체적 정황들은 아직 드러나지 않았다. 경찰은 울프 여사의 사망과 관련한 아무 보고도 받지 못했다며, 그녀의 모자와 지팡이가 오즈강 강둑에서 발견된 것을 밝혔다. 울프 여사는 한동안 아팠던 것으로 전해진다."

비록 버지니아가 자살했으리란 건 거의 의심의 여지가 없었지만, 그녀의 친구, 가족, 팬으로서는 시신도, 증거도, 장례식도 없었기에 그녀의 죽음을 온전히 받아들일 수 없었다. 버지니아의 형부 클라이브 벨은 친구 프란시스 패트리지한테 쓴 편지에서, 가족은 살아 있는 그녀를 발견하리란 희망을 가졌었지만 시간이 흐르면서 그 희망도 쇠퇴해 가고 있다고 말했다.

"우린 물론 며칠간은 미친 듯 이리저리 방황하던 그녀가 헛간이나 시골 상점에서 발견될지도 모른다는 가망 없는 희망을 가졌었네. 하지만 이젠 모든 희망을 포기했네. 단지 아직 그녀의 몸이 발견되지 않았으므로, 그녀가 죽었다고 법적으로 간주되지 않을 뿐이지."

3주 후, 버지니아의 몸이 사우스이즈의 다리 근처로 떠내려온 참담한 광경이 몇몇 아이들에 의해 발견됐다. 4월 19일 연합

통신이 "울프 여사의 몸이 발견됐다"고 대중에 공표했고, 스스로 물에 빠져 죽은 게 확실하다고 밝혔다. 기사에서는 계속된 독일과의 전쟁이 자살의 한 원인이 되었을지도 모른다고 말했지만, 이는 버지니아가 남긴 편지를 잘못 인용한 것이었다. 편지에는 전쟁이 언급되지 않았고 자신의 몸이 좋지 않다는 것, 또 한 번의 신경발작을 이겨낼 수 없을것같이 느껴진다는 내용이 있었다.

버지니아는 화장되어 자신의 집 뒷마당에 묻혔다. 그녀가 "버지니아와 레너드"라 이름 붙인, 두 개의 서로 뒤엉긴 느릅나무 아래였다. 레너드는 그녀의 소설『파도』의 마지막 문장들을 새긴 석조 명패로 그 지점을 표시했다.

"오 죽음이여, 너에 대항해, 정복되지도 굽히지도 않는 나를 던진다! 파도가 해안에 부서졌다."

버지니아 울프가 레너드에게 남긴 마지막 편지의 내용은 이렇다.

"가장 사랑하는 당신, 제가 다시 미쳐 가고 있다는 게 확실히 느껴집니다. 우리가 저 끔찍한 시간들을 또다시 이겨 낼 순 없을 것 같습니다. 그리고 저는 이번엔 회복되지 않을 거예요. 환청이 들리기 시작했고, 저는 정신을 집중할 수가 없습니다. 그래서 가장 최선으로 보이는 걸 하려 합니다. 당신은 제게 가능한 가장 커다란 행복을 주어 왔습니다. 어느 누가 그럴 수 있을까 싶게 모든 것을 해주었지요. 저는 이 끔찍한 병이 닥치기 전 어느 두 사람도 이보다 더 행복할 수 있으리라 생각지 않습니다. 저는 더 이상은 싸울 수 없습니다. 저 아니면 잘해 나갔을 당신 인생을 제가 망치고 있다는 걸 알아요. 당신이 그러리란 걸 전 잘 알고 있답니다. 제가 심지어 이것도 적절히 쓸 수 없다는 걸 당신도 알지요. 읽을 수도 없습니다. 제가 하고 싶은 말이 뭐냐면, 제 인생의 모든 행복을 당신에게 빚지고 있다는 것입니다. 당신은 저를 전적으로 참아 주었고 경이로울 만큼 제게 잘해 주었습니다. 이 말을 하고 싶습니다—모든 사람이 그걸 압니다. 만약 누군가 저를 구원할 수 있었다면 그건 당신이었을 거예요. 당신의 선량함에 대한 확신만 빼고 모든 게 제게서 떠났습니다. 당신 인생을 더는 계속 망칠 수 없어요. 어느 누구도 우리보다 더 행복할 수는 없었겠지 싶습니다. V."

### 버지니아 울프의 주요 작품들

버지니아 울프는 픽션, 논픽션을 모두 아우르며 다작을 남긴 야심 있는 작가였다. 울프가 너무 획기적인 베스트셀러들을 써서 평론가들이나 팬들은 어떤 게 그녀의 최고작인지 결정하기 어려워하기도 한다. 울프의 픽션들은 플롯보다는 등장인물들의 내면에 더욱 초점을 맞춘 의식의 흐름 기법을 사용해 쓰였다. 버지니아의 미국 작가들에 대한 사랑, 특히 월트 휘트먼에 대한 사랑은 그녀의 책들과 글 쓰는 스타일에 지대하게 영향을 끼쳤다.

다음은 가장 잘 알려진 버지니아 울프의 책들이다(출판년도 순).

■ **출항**The Voyage Out

울프의 첫 소설로 한 젊은 여인이 남아메리카의 자신의 아버지의 배에서 스스로를 발견하는 여정에 대한 이야기이다. 이 소설은 1915년 3월 26일 출판되었는데, 1912년 타이타닉이 침몰한 것에서 영감을 받았을 수도 있다.

■ **밤과 낮**Night and Day

사랑, 행복, 결혼, 성공에 관한 소설이다. 이 이야기는 결혼 생활을 하는 네 주요 인물들의 눈을 통해 제1차 세계대전 이전의 런던 사회를 탐험한다. 1919년 10월 20일 출간되었다.

■ **제이콥의 방**Jacob's Room

이 소설은 비어 있음과 상실에 대한 개념을 탐험한다. 제이콥이라는 이름을 가진 젊은 남자의 삶에 관한 이야기지만 그의 인생과 관련된 여자들의 관점으로 얘기된다. 1922년 10월 26일 출간되었다.

■ **댈러웨이 부인**Mrs. Dalloway

아마 이 작품이 울프의 가장 유명한 소설일 것이다. 주인공 클라리사 댈러웨이의 인생 중 어느 하루에 관한 이야기로, 신경쇠약, 페미니즘, 동성애 등을 담고 있다. 이 소설은 1925년 5월 14일 출간되었다.

■ **등대로**To the Lighthouse

스코틀랜드의 스카이섬으로 여행을 하는 람세이 가족의 이야기를 다루고 있다. 이 소설은 반半자전적이고 울프가 아이였을 때 스티븐 가족이 콘웰로 여행을 갔던 것에서 영감을 얻었다. 플롯보다는 인물들의 개인적인 생각에 초점을 맞춘 이 소설은 의식의 흐름 문학 기법의 가장 적절한 예이다. 1927년 5월 5일 출간되었다.

■ **올랜도**Orlando

울프가 귀족 친구 비타 색빌-웨스트한테서 영감을 받고 쓴 소설이다. 이야기는 몇 세기 동안 자신의 성별과 인생을 바꾸고 종종 영국 문학계의 주요 인물들을 만난 한 시인을 따라간다. 페미니스트의 고전으로 간주되고 트랜스젠더 연구에 자주 인용된다. 1928년 10월 11일 출판되었다.

■ **자기만의 방**A Room of One's Own

많은 페미니스트들이 이 작품으로 여성의 교육받을 기회의 결핍이나 여성의 남성에 대한 사회경제적 의존성 같은 이슈들을 토론했다. 1929년 10월 24일에 출판된 이 책은 페미니스트의 고전이자 페미니스트 작가로서 울프의 평판을 영원히 굳힌 에세이이다.

■ **파도**The Waves

울프의 자전적 소설들 가운데 하나이다. 여섯 인물들의 이야기를 담고 있는데, 내면의 생각들과 감정들에 초점을 맞춰, 어린이였을 때부터 성인이 될 때까지 그 인물들을 따라간다. 플롯이 끌고 가는 대신 주요 인물들의 독백 시리즈 형태로 이야기가 전개된다. 1931년 10월 8일 출간되었다.

■ **플러쉬**Flush: A Biography

엘리자베스 버렛 브라우닝의 코커스패니얼 개에 관한 책으로 울프가 자신의 특징적인 의식의 흐름 기법을 사용해 비인간의 관점을 통해 이야기를 말하는데, 논픽션과 픽션이 절충돼 있다. 1933년 출간되었다.

■ **세월**The Years

1800년부터 1930년대까지 한 가족의 역사를 추적한다. 울프의 많은 소설들처럼, 등장인물들의 삶의 개인적 디테일들에 초점을 맞춘다. 특별한 계절에 의해 뚜렷이 구분된 매 해와 매 해의 어느 하루로 각각의 섹션이 나눠져 있다. 1937년 출간되었다.

■ **3기니**Three Guineas

『자기만의 방』의 속편으로 1938년 6월 3일 출간된 울프의 논픽션 책이다. 파시즘, 전쟁, 페미니즘 같은 주제들에 대한 토론을 모두 한데 묶어 울프한테 재정적인 후원을 요청했던 다양한 기관들에 보내는 편지 형식으로 써나갔다. 책은 잘 팔렸고 대중의 호응을 얻었으나, 평론가들과 동료인 블룸즈버리 그룹 멤버들로부터는 심한 비판을 들었다.

■ **로저 프라이 : 전기**Roger Fry : A Biography

울프의 친구이자 블룸즈버리 그룹 멤버였던 로저 프라이가 1934년 죽은 후에 쓴 그에 관한 전기이다. 울프가 죽기 바로 1년 전인 1940년 출간되었다.

■ **막간**Between the Acts

울프가 죽기 전에 쓴 마지막 소설이다. 영국의 작은 시골에서 한 연극을 관람하는 관객에 관한 이야기로, 극이 진행되는 동안 관객은 차이점과 유사점을 통해 자신들이 어떻게 서로 연결되는지를 서술한다. 1941년 7월 17일 출간되었다.

# 버지니아 울프 연보

---

1882년. 1월 25일, 아버지 레슬리 스티븐과 어머니 줄리아 프린셉 덕워스 사이에서 출생. 본명 애들린 버지니아 스티븐.

1895년. 5월 5일, 어머니 줄리아가 류머티즘열로 사망. 그해 여름 버지니아가 첫 정신질환을 일으킴.

1897년. 1월 3일, 버지니아가 정기적으로 일기를 쓰기 시작. 7월 19일, 이복언니 스텔라 덕워스가 복막염으로 사망.

1900년. 3월, 홍역을 앓음.

1904년. 2월 22일, 아버지 레슬리 스티븐이 위암으로 사망. 5월 10일, 두 번째 정신발작으로 짧게 입원했다가 회복함. 10월, 형제들과 함께 런던 블룸즈버리 고든 스퀘어 46번지로 이사함. 12월 14일, 브론테 파르소나주 박물관을 익명으로 리뷰한 첫 수필 「하워스 1904년 11월」을 가디언지에 발표.

1905년. 1월. 몰리 칼리지에서 교사로 남녀 직장인들을 가르치는 일 시작. 2월 16일, 오빠 토비 스티븐이 고든 스퀘어 46번지에서 '목요일 파티 Thursday Evening's' 시작.

1906년. 10월~12월, 소설 『멜림브로시아Melymbrosia』 집필. 남동생 에이드리언과 함께 피츠로이 스퀘어에서 '목요일 파티' 시작. 글쓰기에 전념하기 위해 몰리 칼리지에서 가르치는 일을 그만둠. 11월 초, 친오빠 토비와 친언니 바네사가 장티푸스에 걸리고 20일 토비 사망.

1909년. 2월 17일, 리턴 스트레이치가 버지니아에게 청혼하고 버지니아가 수락했지만 그다음 날 둘은 없던 일로 하기로 결정. 4월 7일, 버지니아의 숙모가 사망하며 버지니아에게 2500유로의 유산을 남김. 4월 23일, 바네사, 클라이브와 플로렌스 여행. 5월 15일~17일, 케임브리지에 갔다가 그곳에서 에드워드 힐튼 영의 프로포즈를 받았으나 거절함.

1910년. 1월, '여성 참정권 운동'에서 자원봉사함. 3월 5일~10일, 바네사, 클라이브와 콘월에 감. 버지니아는 런던으로 돌아온 후 아픔. 6월 20일 ~8월 10일. 트윅켄햄의 사설병원에서 휴식요법을 취함. 12월 24일, 훠럴Firle에서 집을 임차하고 그걸 리틀 탈런드 하우스Little Talland House라 부름.

1911년. 6월 3일, 바네사, 클라이브 등을 비롯해, 실론섬에서 휴가차 돌아온 레너드 울프와 저녁 식사를 함. 11월, 시드니 워털루가 버지니아에게 청혼하나, 12월 거절 편지를 씀.

1912년. 1월 11일, 레너드 울프가 청혼함. 2월 16일, 요양 치료 차 미스 토마스 개인 사설병원에 들어감. 3월 9일, 정신과의사 라이트박사와 상담. 4월 15일, 타이타닉호 침몰, 충격으로 병이 더 깊어짐. 5월 29일, 레너드의 청혼을 수락해 8월 10일 결혼. 8월에 스페인을, 9월에 이탈리아로 신혼여행을 감. 10월 3일, 브론즈윅의 공동주택으로 돌아왔으나 9월 하순 클리포드 인Clifford's Inn에 방을 얻어 나감.

1913년. 1월, 레너드가 버지니아가 아이를 갖는 것에 관한 의료 충고를 받음. 버지니아는 두통과 수면 장애로 고생함. 1월 13일, 레너드가 버지니아의 건강 상태를 기록하는 일지를 시작함. 3월 9일, 출판업을 하던 이복오빠 조지 덕워스에게 『출항』 원고 전달. 6월 9일~12일, 레너드와 함께 뉴캐슬어폰 타인에서 열린 여성총연합회의 참석. 7월 22일, 레너드와 함께 페이비언 사회주의 협회(법의 한도 내에서 사회주의적 민주주의를 이루고자 만들어진 협회) 회의에 감. 7월 24일, 런던으로 돌아와 새비지 박사와 상담한 후 트윅켄햄의 사설병원에 입원. 8월 11일, 퇴원해 아셈으로 돌아감. 8월 22일, 레너드가 버지니아를 새비지 박사한테 데려감. 버지니아의 우울증, 망상, 음식에 대한 거부감이 점점 커짐. 9월 9일, 헤드 박사와 라이트 박사를 만남. 그날 저녁 자살을 시도. 9월 20일, 달링리지 플레이스Dalingridge Place에서 간호사의 간호를 받으며 머무름. 11월 18일, 간호사 두 명과 아셈으로 옮김. 상태가 천천히 호전됨.

1914년. 1월, 읽고 쓰는 게 가능해짐. 2월 16일, 버지니아를 돌보던 간호사가 떠남. 4월 6일, 레너드와 함께 그레이그 박사와 상담하러 런던 방문. 8월 4일, 제1차 세계대전 발발. 11월~12월, 충분히 회복돼 친구들을 방문하고 요리 강좌를 들음.

1915년. 1월 1일, 일기를 쓰기 시작. 1월 25일, 버지니아의 33번째 생일. 인쇄기를 사기로 결정하고 리치몬드의 호가스 하우스를 임대함. 2월 18일, 정신 건강이 쇠퇴해지고 두통과 수면 장애가 다시 시작됨. 3월 4일, 조병 증상을 보이고 난폭해져 간호사를 고용함. 3월 25일, 레너드가 호가스 하우스를 떠맡는 동안 사설병원에 입원. 3월 26일, 첫 소설『출항』이 조지 덕워스에 의해 출간됨. 4월 1일, 네 명의 간호사와 함께 호가스 하우스로 옴. 5월까지 조증과 난폭함을 보임. 6월 1일, 상태가 호전되기 시작해 8월엔 레너드가 버지니아를 휠체어에 태우고 산책 나갈 정도로 괜찮아짐.

1916년. 4월 6일~15일, 유행성감기에 걸려 아셈에 가서 3주간 머뭄. 6월 17일~19일, 세섹스에서 조지 버나드 쇼와 시드니 웹 부부와 주말을 보냄. 10월 17일, 여성협동연맹 리치몬드 분과에서 강연.

1917년. 7월, 호가스출판사의 첫 출간물『벽에 난 자국』과『세 유대인』간행. 7월 12일, 헨리 데이비드 소로의 100번째 생일에 헨리 데이비드 소로에 관한 에세이 발표.

1918년. 11월 11일, 제1차 세계대전 종료. 11월 15일, T.S.엘리엇이 호가스 하우스에 찾아와 만남.

1919년. 5월 12일, 호가스출판사에서 버지니아의『큐 국립식물원Kew Garden』, J.M. 머레이의『비평가와 판단The Critic in Judgement』, T.S. 엘리엇의 시들을 펴냄. 10월 20일, 소설『밤과 낮Night and Day』이 덕워스 오버룩 Duckworth Overlook에서 출판됨.

1920년. 3월 4일, 첫 전기작가 모임Memoir Club을 가짐.

1921년. 3월, 호가스출판사에서 단편소설『월요일 혹은 화요일Monday or Tuesday』출판. 3월 16일~18일, 버지니아는 레너드와 양자 입양 모임 참가 차 맨체스터에 감. 6월~9월, 상태가 나빠져 7월과 8월 사이 아무 일기도 쓰지 않음. 이후 회복했으나 일을 하거나 방문객을 받지는 못함. 11월 4일,『제이콥의 방Jacob's Room』탈고.

1922년. 1월 27일, 독감을 앓음. 3월까지 계속 아프고, 클라이브 벨이 자주 찾아 옴. 5월, 고열, 심장에 이상 징후를 보임. 7월, 의사가 결핵을 의심하고 8월에 결핵은 아닌 것으로 진단 받았지만 목구멍에서 폐렴 인자 발견. 8월 1일~10월 5일, 몽크스 하우스에 머물며 엘리엇, 시드니 워털루, 리턴 스트레이치 등 많은 방문객들을 받음. 엘리엇 장학재단에 관한 아이디어가 처음으로 나옴. 10월 27일, 호가스출판사에서 『제이콥의 방』 펴냄. 12월 14일, 버지니아와 레너드가 클라이브 벨이 주최한 디너 파티에 참석함. 그곳에서 처음으로 비타 색빌 웨스트를 만남.

1923년. 3월~4월, 레너드와 함께 스페인 여행. 돌아와 레너드는 <네이션>에서 일하기 시작함.

1924년. 3월 13일~15일, 버지니아 부부가 런던 타비스톡 스퀘어로 옮김. 5월 17일~19일, <이교도들한테 있어서의 현대소설> 강연.

1925년. 4월 23일, 호가스출판사에서 에세이 『일반 독자들The Common Reader』 출간. 5월 14일, 장편소설 『댈러웨이 부인Mrs. Dalloway』을 호가스출판사에서 출간. 8월 19일, 찰스턴에서 쓰러져 이후 몇 달간 아픔.

1926년. 1월 8일, 풍진에 걸림. 3월 24일, 레너드가 <네이션>을 그만둠.

1927년. 2월 9일, 머리를 짧게 자름. 5월 5일, 『등대로To The Lighthouse』 출판. 6월 18일~19일, 일식을 보러 친구들과 요크셔로 여행. 필립 모렐이 버지니아에 대해 커지는 마음을 고백하고 구애하나 실패로 끝남.

1928년. 10월 11일, 『올랜도Orlando』를 호가스출판사에서 출간. 10월 28일, 레너드 등과 함께 케임브리지 방문. 그곳 여자대학에서 두 개의 연설문 낭독. 후에 『자기만의 방A Room of One's Own』으로 각색됨.

1929년. 10월 24일, 논픽션 『자기만의 방』 출간.

1930년. 2월 20일, 공작 부인이자 여성운동에 이바지했던 에델 스미스를 만남. 5월 29일, 『파도The Waves』 초고 끝냄. 6월과 7월, 버지니아 부부는 주로 몽크스 하우스에 머물고 이곳에 비타 색빌 웨스트와 에델 스미스가 자주 방문함. 8월 29일, 정원에서 의식을 잃고 10일간 아픔.

1931년. 2월 27일, 버지니아가 시싱허스트 캐슬로 가서 비타 색빌 웨스트와 하룻밤을 보냄. 4월 16일~20일, 버지니아 부부가 프랑스 서부를 차로 여행. 10월 8일, 호가스출판사에서 『파도The Waves』 출간.

1932년. 1월 21일, 오랜 친구였던 리턴 스트레이치가 위암으로 사망. 3월 10일, 버지니아 부부가, 사랑했던 리턴의 사망으로 괴로워하는 화가 도라 캐링턴을 방문. 3월 11일, 도라 캐링턴 자살. 7월 1일, 『젊은 시인에게 보내는 편지A Letter to a Young Poet』를 호가스출판사에서 출간. 8월 11일, 버지니아가 폭염으로 정신을 잃고 며칠간 아픔. 스텔라 벤슨, 레너드의 모친, 엘리엇 부부, 비타 색빌 웨스트, 에델 스미스 등 많은 방문객들이 찾아옴. 10월 13일, 『일반 독자와 그 두 번째 시리즈』가 호가스출판사에서 출간. 11월 1일, 심박수가 증가해서 활동에 제약을 받음.

1933년. 2월, 일주일에 두 번 이탈리아어 수업을 받기 시작. 3월, 맨체스터대학교로부터 명예박사 학위 제안을 받지만 거절함. 5월 5일~27일, 프랑스를 거쳐 이탈리아 여러 도시들 여행. 9월 초, 케임브리지의 강의직 제안을 거절함. 10월 5일, 소설 『플러시Flush』 출간.

1934년. 6월 11일, 일주일에 두 번 프랑스어 수업을 받기 시작. 9월 13일, 버지니아 부부가 로저 프라이의 장례식에 참석. 9월 30일, 『세월The Years』 초고를 끝내고 며칠간 아픔. 10월 25일, 에세이 『월터 시커트 : 대화Walter Sickert: A Conversation』 출간.

1935년. 1월 18일, 버지니아의 극 <프레시 워터Fresh Water>가 피츠로이에 있는 바네사의 스튜디오에서 친구들을 위해 공연됨.

1936년. 2월 9일, 남동생 에이드리언 스티븐의 집에서 열린 '파시즘을 경계하는 반파시즘 지식인 단체 모임'에 참석함. 4월 8일, 『세월』의 마지막 묶음을 인쇄소로 보낸 후 일할 수 없을 정도로 몸 상태가 나빠져 몽크스 하우스에 머뭄. 5월 23일, 다시 일을 시작하지만 의사의 권유대로 하루 45분을 넘기지 않음. 이후 몽크스 하우스와 티비스톡 스퀘어를 오가며 생활하고, 6월 23일부터 10월 말까지 일기에 아무것도 기록하지 않음. 10월 11일, 건강이 괜찮아져서 타비스톡 스퀘어로 가 다시 사람들을 만나기 시작함. 11월 2일, 소설 『세월』로 의기소침해진 그녀를 레너드가 위로하며 좋은 작품이라고 확신시킴.

1937년. 3월 15일, 소설 『세월』이 호가스출판사에서 출간됨. 3월 28일, 사전 연락 없이 버지니아를 찾아온 뉴욕타임스 기자를 레너드가 돌려보냄. 4월 10일, 타임지 표지를 장식함. 4월 29일, BBC라디오 <말문이 막히다Words Fail Me> 시리즈에서 에세이 「크래프트맨십Craftsmanship」 낭독함. 5월 7일~25일, 버지니아 부부가 프랑스 서부로 자동차 여행. 7월 18일, 버지니아의 조카 줄리안 벨이 스페인 내전에서 사망.

1938년. 3월 12일, 히틀러가 오스트리아 침공. 6월 2일, 에세이 『3기니Three Guineas』 출간. 6월 16일~7월 2일. 버지니아 부부가 영국 북부로 자동차 여행.

1939년. 1월 28일, 버지니아 부부가 지그문트 프로이트를 방문. 3월 2일, 중앙예술공예학교 책 표지 전시회에서 연설. 3월 3일, 리버풀대학교의 명예박사 학위를 제안 받았으나 거절함. 8월 17일, 호가스출판사를 런던 맥켈런버그 스퀘어 37번지 새 집으로 옮김. 9월 1일, 독일이 폴란드를 침공. 9월 13일~20일, 버지니아 부부는 맥켈런버그 스퀘어에 머물다가 이후 몽크스 하우스로 돌아가서 살면서 이따금씩 런던에 볼일 보러 나오기로 결정.

1940년. 1월 12일~13일. E.M 포스터가 몽크스 하우스 방문. 2월 말, 버지니아가 독감을 앓음. 4월 9일, 독일이 노르웨이와 덴마크 침공. 4월 23일~24일, 비타 색빌 웨스트 방문. 4월 27일, 버지니아가 브라이턴의 노동자 교육 협회에서 강연. 6월 10일, 이탈리아가 제2차 세계대전 참가. 6월 14일, 버지니아 부부가 비타 색빌 웨스트와 펜스허스트에 감. 프랑스 파리가 독일에 점령당함. 6월 17일~20일, 맥켈런버그에 머물고 있는 버지니아 부부에게 에이드리언이, 영국이 독일에 침공당할 경우를 대비해 치사량의 모르핀을 가져다줌. 9월 20일, 맥켈런버그 스퀘어가 심하게 폭격을 당했다는 소식을 듣고 손상 정도를 알아보러 런던으로 갔으나 집에 가보지 못함. 9월 23일, 호가스출판사가 맥켈런버그에서 북부 전원도시 레치워스로 이주함. 10월 15일, 타비스톡 스퀘어에 있던 집이 대공습으로 파괴됨. 11월 7일, E.M 포스터가 런던도서관위원회에 버지니아를 추천하나 이를 거절함.

1941년. 12월 17일~18일, 비타 색빌 웨스트가 몽크스 하우스를 찾아옴. 2월 26일, 『포인츠 홀Pointz Hall』(후에 '막간Between the Acts'으로 개명) 탈고. 3월 18일, 우울증 상태가 나빠져 레너드가 걱정함. 3월 27일, 버지니아 부부가 정신과의사 옥타비아 윌버포스와 상의하러 브라이턴에 감. 버지니아가 이 방문 후 마지막 일기를 씀. 3월 28일, 몽크스 하우스에서 실종. 4월 3일, 뉴욕타임스가 버지니아가 사망했을 것 같다는 기사를 내보냄. 4월 18일, 오즈강에서 사체 발견, 익사가 자살로 판명 남. 버지니아는 화장되고 유골은 로드멜의 몽크스 하우스 뒤 느릅나무 아래 묻힘. 7월 17일, 마지막 소설 『막간』 출간.